अनकही

अनकही

गीता सिंह

प्रकाशक
प्रभात प्रकाशन प्रा. लि.
4/19 आसफ अली रोड, नई दिल्ली–110002
फोन : 011–23289777 • हेल्पलाइन नं. : 7827007777
इ–मेल : prabhatbooks@gmail.com ❖ वेब ठिकाना : www.prabhatbooks.com

संस्करण
प्रथम, 2025

पेपरबैक मूल्य
दो सौ पचास रुपए

मुद्रक
आर–टेक ऑफसेट प्रिंटर्स, दिल्ली

★

ANKAHI
Stories by Smt. Gita Singh

Published by **PRABHAT PRAKASHAN PVT. LTD.**
4/19 Asaf Ali Road, New Delhi-110002

ISBN 978-93-5562-947-0

₹ 250.00 (PB)

मेरे श्रद्धेय

एवं

आदर्श माता-पिता

को समर्पित!

भूमिका

गीताजी का यह प्रथम कहानी-संकलन है। उनकी कहानियों में जो संवेदना की गहरी परतें दिखाई पड़ती हैं, वे हमें गहरी आश्वस्ति से भर देती हैं। इनकी कहानियाँ हमारे आसपास की, हमारी ही दुनिया की कहानियाँ हैं। ये हमें किसी वायवीय लोक में नहीं ले जाती हैं और न ही भविष्य की सुखद आशा दिखाती हैं, किंतु ये कहानियाँ हमारी संवेदना को गहरे में कुरेदती हैं तथा अंदर से विचलित कर देती हैं। जब अंदर-बाहर बहुत कुछ दरक रहा हो, तब कोई कैसे कोई मधुर तान छेड़ सकता है? वस्तुतः इस संग्रह की कहानियाँ यथार्थ और संवेदना के तंतु से बुनी गई हैं।

इस संग्रह की कहानियों में आज के मध्यमवर्ग की समस्याओं, चुनौतियों और जीवन-मूल्यों का चित्रण हुआ है। इस दृष्टि से 'शकुंतला टीचर का एक दिन' कहानी विशेष रूप से उल्लेखनीय है। शिक्षा का पवित्र मंदिर किस तरह बाजारवाद की गिरफ्त में आ गया है तथा शिक्षक किस तरह अपने नैतिक दायित्वों से च्युत होते जा रहे हैं, उसकी बानगी है यह कहानी। इसी तरह 'जीत की हार' कहानी लैंगिक उत्पीड़न से संबंधित कानूनी प्रावधानों के खोखलेपन को उजागर करने वाली कहानी है। लैंगिक उत्पीड़न को रोकने के लिए कितने शानदार कानूनी प्रावधान किए गए हैं, लेकिन जिन पर इन कानूनों को लागू करवाने का दायित्व

है, वे ही इसके प्रति असंवेदनशील हैं। ऐसे में अपने सीमित संसाधनों के बल पर लड़नेवाली स्त्री पूरे तंत्र के विरुद्ध एक निहत्थी लड़ाई ही लड़ती है। कहानी का अंत हमें एक गहरे विषाद से भर देता है।

'अवांछित जीवन' वृद्ध-विमर्श की कहानी है। जीवन भर अपने बच्चों और समाज के लिए सबकुछ होम कर देने वाला व्यक्ति भी अंत में कितना अकेला और असहाय हो जाता है। 'सत्यनिष्ठा का मूल्य' एक ईमानदार व्यक्ति के क्रमशः अप्रासंगिक होते जाने की कहानी है। 'अनुभव की सीख' सरकारी अस्पतालों में व्याप्त भ्रष्टाचार की कलई खोलती है। 'छुट्टी के दिन' कहानी मोबाइल फोन के कारण रिश्तों में आती दरार की कहानी है।

यदि समग्रता में देखा जाए तो इस संग्रह की कहानियाँ हमारे समाज के विभिन्न पहलुओं पर रोशनी डालती हैं। इस दृष्टि से ये कहानियाँ 'साहित्य समाज का दर्पण है' की कसौटी पर तो खरी उतरती ही हैं, साथ-ही-साथ समाज को रोशनी दिखाने वाली मशाल का दायित्व भी निभाती हैं।

सहजता इस संग्रह की कहानियों की एक अन्य विशिष्टता है। लेखिका बिना लाग-लपेट के, बिना कोई वाग्जाल फैलाए बिल्कुल सहज तरीके से कहानी कहती चलती हैं। ऐसा लगता है, जैसे कोई हमारे बगल में बैठकर बतकही कर रहा हो। कहन की यह स्वाभाविकता एक विशिष्ट गुण है, किंतु कहीं-कहीं लेखिका ने कथ्य को थोड़ी जल्दबाजी में समेट दिया है, जबकि कुछ जगहों पर कहानियाँ थोड़ा विस्तार माँगती हैं।

इसके बावजूद इस संग्रह की कहानियाँ पाठकों को अपनी तरफ आकर्षित कर पाने में सफल होंगी, इस तथ्य से इनकार नहीं किया जा सकता है। उम्मीद करनी चाहिए कि गीताजी इसी तरह आगे भी श्रेष्ठ कहानियों का उपहार अपने पाठकों को देती रहेंगी।

—बुद्ध प्रकाश

B/105, रामराज अपार्टमेंट, ब्रह्मस्थान रोड,

शेखपुरा, पटना-800014

पूर्वकथन

समय के बहुत बड़े अंतराल के पीछे एक और समय था—सत्तर का दशक और अस्सी के दशक के प्रथम कुछ वर्ष, जब आमजन पुस्तकों में अपना ज्ञान, मनोरंजन तथा समय काटने का साधन ढूँढ़ते थे। और मेरे माता-पिता तो विशेषकर पुस्तकों के अनुरागी थे। उनके पुस्तकों के संसार में विचरण करते हुए हम भाई-बहनों का बचपन बहुत आनंदपूर्वक गुजरा। हमने बचकानी सी कहानियाँ भी लिखीं, जो उस जमाने की बाल-पत्रिकाओं में छपीं।

वह समय अब बहुत पीछे छूट चुका है और आज का समय—कहने की आवश्यकता नहीं कि—सोशल मीडिया को व्यसन की तरह अपना चुका है।

परंतु पठनशील मानस, जो अपनी एक अल्पसंख्यक श्रेणी फिलहाल बनाए हुए है, पढ़ने-लिखने की लगन और उत्साह को तज नहीं सका है। लेखनी का कौशल भले ही अभी काम्य ही हो, फिर भी इसी लगन ने अपने आसपास घटित हो रहे जीवन की विसंगतियों को शब्दों में बाँधने की प्रेरणा हम कई पुस्तक-प्रेमियों को दी है।

खूब पढ़ने और साथ ही सतत लिखते भी रहने की प्रेरणा देने वाले मेरे माता-पिता को अर्पित श्रद्धा-सुमन के रूप में ही मेरा यह कथा-संग्रह विन्यस्त व प्रस्तुत है।

—गीता सिंह

अनुक्रम

1

माँ और मोह

तुहिना का लंबे समय से संचित एक अरमान था कि उसकी एम.ए., एम.फिल. की ऊँची डिग्री किसी उपयोग में आए। कंधे पर बैग झुलाते हुए वह भी एक कामकाजी महिला की तरह अपने व्यक्तित्व में चार चाँद लगाते हुए रोज ऑफिस आए-जाए। तो एक दिन उसकी कोशिशें रंग लाईं और उसकी नौकरी उसके शहर गया के एक कॉलेज में प्रवक्ता के पद पर पक्की हो गई।

अच्छी खबर की मिठाइयाँ जब दोस्तों में बँट चुकीं, उसके बाद कामकाजी महिलाओं वाली समस्या उसके सामने अपने प्रचंड रूप में आ खड़ी हुई। समस्या वही कि एक चतुर नट के कौशल से घर-बाहर दोनों का संतुलन कैसे साधा जाए। उसकी दो नन्ही संतानों की देखभाल कैसे हो ?

तुहिना के पति अपनी सरकारी नौकरी की जिम्मेदारियों में दिन भर व्यस्त रहते, तो ननद टीना अपनी प्रतियोगी परीक्षाओं की तैयारी में। उसकी सास दूसरे शहर में थीं और उसके बीमार ससुरजी को छोड़कर नहीं आ सकती थीं।

अनकही

तुहिना ने अपनी बड़ी बेटी, 5 साल की अनन्या को पास के एक नर्सरी स्कूल में डाल रखा था, जहाँ दिन में ढाई बजे छुट्टी होती। छोटा मुन्नू अभी ढाई साल का था और उस नर्सरी स्कूल में 3 वर्ष का होने पर ही बच्चों को प्रवेश मिलता था। मुन्नू के एडमिशन में अभी 4 महीने शेष थे और तुहिना चिंतित थी कि 4 महीने तक मुन्नू की देखभाल कैसे होगी। उसे यह सिद्धांत गलत लगता था कि वह अपने नन्हे-मुन्ने को किसी परिचित आया के हाथों में छोड़कर जाए।

अंततः तुहिना ने अपनी माँ को फोन खड़काया और सारी समस्या बताकर आग्रह किया कि वे 4 महीनों के लिए गया, उसके घर आ जाएँ। बच्चे भी नानी के साथ रहने का शौक पूरा करें, साथ ही माँ को गयाजी में तीर्थ लाभ हो जाएगा।

माँ अपनी बेटी की समस्या सुन विगलित हो उठीं। पति और बेटे-बहू को अगले 2 दिनों में घर की व्यवस्था समझा और सँभलवाकर वे गया के लिए रवाना हुईं।

तुहिना के घर में ढेर सारे उपहारों, कपड़ों और मिठाइयों से लदीफँदी माँ ने पदार्पण किया और आते ही बड़े उत्साह से ढेर सारे कामों की बागडोर सँभाल ली। तुहिना का मन खिल उठा। अगले दिन माँ के हाथों ही पेड़ा खाकर वह कॉलेज में योगदान दे आई। अब मामला कुछ यों चला कि माँ के सहयोग से उसकी नौकरी की गाड़ी सम गति से चलने लगी।

शुरू-शुरू में दिक्कत बस एक ही थी कि सुबह-सवेरे घर से निकलते वक्त माँ जब अपनी गोद में बैठे मुन्ने से टाटा करवाती, तो तुहिना को अनुभव होता, जैसे मुन्ना उसे करुण दृष्टि से देख रहा है; उसका दिल भर आता।

माँ और मोह

दिन भर तुहिना का दिल मुन्ना के इर्द-गिर्द ही घूमता रहता। उस दिन अनन्या को ढाई बजे स्कूल से लेकर तुहिना जल्दी-जल्दी घर पहुँची। माँ उन दोनों के लिए सब्जी गरम करने चल दीं। तुहिना ने पूछा, "माँ, मुन्ना कहाँ है ?"

मुन्ना पिछले बरामदे में खिलौनों के बीच फर्श पर बैठा था। तुहिना ने माँ से कहा, "माँ, तुम इसे चटाई पर तो बैठातीं। जानती तो हो, यहाँ बारिश इतनी होती है कि बगीचे से कीड़े चलकर घर में घुस आते हैं, कहीं इसे काट लिया तो ?"

माँ ने कहा, "अभी चटाई बिछा देती हूँ, पहले जरा तुम खाना खा लो, थकी-हारी आई हो।" माँ की ममता अपनी बेटी के लिए और बेटी की ममता अपने नन्हे के लिए। प्रकृति का यह नियम शाश्वत है। अपनी संतान पर सबका मोह सर्वाधिक होता है।

इसी तरह से दिन गुजरने लगे। कॉलेज से आकर तुहिना बेटी को पढ़ाने में लगती। मुन्नू के लिए वह ज्यादा माँ पर ही निर्भर रहने लगी। वह माँ की गोद में ही रहता। रात को उनके संग ही सोता और तोतले स्वर में नानी-नानी करता रहता।

माँ के आ जाने से तुहिना को और भी बहुत सारे आराम थे। उसका घर-संसार न जाने कैसे अब चमक उठा था। पहले तो यह बच्चों और घर के कामों को लेकर दिन भर घर में चकराई हुई घूमती। फिर भी अव्यवस्था आ घेरती थी। लेकिन अब माँ के आने के बाद उसका घर व्यवस्थित और शीशे की तरह चमकता रहता। बच्चे समय से खाते-पीते और तंदुरुस्त होते जा रहे थे। माँ बच्चों के लिए प्यारे-प्यारे कपड़े खरीदकर उन्हें पहना-ओढ़ाकर खुश होतीं और अपना शौक पूरा करतीं।

पर तुहिना एक दिन उन कपड़ों को देखकर बोली, "माँ, तुमने बेकार इन कपड़ों पर पैसे खर्च किए। ऐसे डिजाइन के कपड़े आजकल के बच्चे नहीं पहनते। बहुत पुराना फैशन है यह।" ऐसा कहते हुए वह यदि माँ के चेहरे पर दृष्टिपात करती, तो देखती कि अभी-अभी संतोष से खिला हुआ माँ का चेहरा कैसे बुझ गया है।

उस दिन कॉलेज से घर पहुँचते ही तुहिना ने देखा, माँ लॉन में सूखे कपड़े उतार रही हैं और मुन्ना घास में बैठा है, थोड़ी सी मिट्टी उसके हाथ में, थोड़ी सी उसके मुँह में थी। मिट्टी से सना उसका हाथ-मुँह देखकर उसका कलेजा मुँह को आ गया। जाने कितने भयानक बैक्टीरिया और वर्म्स मुन्ने के पेट में समा चुके होंगे अब तक। वह चीख उठी, "माँ..." माँ ने घूम कर देखा।

"तुम देखती नहीं माँ, मुन्ना मिट्टी खाए जा रहा है। अब उसकी तबीयत खराब हो जाएगी।"

माँ ने सरल हँसी हँसकर कहा, "ओ शैतान कहीं का, जरा सी मेरी नजर फिरी और यह मिट्टी में उतर गया।"

तुहिना ने चिढ़कर कहा, "पता नहीं तुम देखती क्या हो। बच्चे को नुकसान हो जाए और तुम्हें कोई परवाह ही नहीं।" अपना पर्स गार्डन चेअर पर पटककर वह मुन्ने को गोद में उठाकर मुँह धुलाने ले गई।

दिन पर दिन तुहिना को माँ के शिशु पालन के तौर-तरीकों में कई खामियाँ दिखती गईं, "माँ, तुमने कपड़े धोए मुन्नू के, ठीक किया, पर उनमें डेटॉल क्यों नहीं डाला?" या फिर—"तुम उसे मिट्टी में लुढ़कने क्यों देती हो?"

आखिर एक दिन माँ ने भी सब्र का दामन छोड़ते हुए कहा, "चार

बच्चे पाले हैं मैंने। देवरानी के 2 बच्चे भी मैंने ही पाले थे, पर अब जाकर पता चल रहा है कि मुझे बच्चे पालने का सलीका ही नहीं। अरे, हम तो जानते थे कि बच्चे धूल-मिट्टी में खेलकर ही मजबूत बनते हैं। जरा खुलकर दौड़ें नहीं, कलाबाजियाँ न लगाएँ तो उनके हाथ-पैर कैसे मजबूत होंगे। धूल-मिट्टी की आदत न हो, तो एलर्जी से कैसे बचें?"

पर तुहिना माँ से उलझ बैठी—"माँ, तुम अपना पुराना ज्ञान अपने पास रखो। पहले यह बीमारियों से तो बचे, तभी तो मजबूत होगा।"

माँ का चेहरा सूख गया। यह देखकर वहाँ बैठी उसकी ननद टीना ने कहा, "भाभी, आपको तो खुश होना चाहिए, आंटी कितना खयाल रखती हैं मुन्ने का।" लेकिन तुहिना को यही लगता रहा कि वही सही है।

इसी तरह 4 महीने की अवधि बीत गई। मुन्नू का एडमिशन स्कूल में हुआ और माँ ने वापस जाने के लिए सामान समेटा। तब तुहिना को अपने व्यवहार को लेकर कचोट सी महसूस हुई। उसने माँ का आँचल पकड़कर कहा, "और कुछ दिन नहीं रुकोगी माँ।"

माँ ने कहा, "नहीं रे, तुम्हारे पापा की तबीयत कुछ सुस्त है, कल फोन पर कह रहे थे। और अब मुन्नू तो स्कूल जाने ही लगा। आऊँगी, फिर जब अवसर मिले।"

माँ के जाने के बाद तुहिना और भी व्यस्त हो गई, इतनी व्यस्त कि उसे पापा को फोन करना भी याद नहीं रहा। एक हफ्ते बाद पापा ने खुद फोन किया। बातों-बातों में पापा ने पूछा, "तुम्हारी माँ वहाँ अपनी दवाइयाँ ठीक से ले रही थीं या नहीं?"

"मुझे नहीं पता, क्यों पापा?"

"क्योंकि उनका शुगर बहुत बढ़ा हुआ है और डॉक्टर ने कहा कि वे परहेज भी नहीं कर रही होंगी। बेटी, तुम्हें खयाल रखना चाहिए था।"

तुहिना अवाक् रह गई, फिर पछतावे से भर उठी। यह कैसे हुआ। उसे कभी याद क्यों न आया कि माँ से पूछ ले कि कोई दवा तो नहीं लानी या कि यह देख ले कि माँ समय से दवा खा लें। उसे माँ पर भी गुस्सा आया, यही समझी थी कि जो सबका खयाल रखती हैं, वे अपनी दवा तो समय से खा ही रही होंगी।

वहाँ से जाने के बाद कई दिन तक माँ को बुखार और उलटियाँ आने की समस्या रही। डॉक्टर ने बताया कि शुगर बढ़ने के साथ उन्हें हृदय रोग की भी समस्या उत्पन्न हो गई है, जिसकी जाँच जरूरी है।

तुहिना को खबर मिली, तो वह सन्न रह गई और खुद को दोष देती रही। यही होता है। वह माँ है, वह सबका खयाल रखती है, पूरे परिवार की धुरी है, पर उसका भी खयाल रखना होता है, यह याद नहीं रहता। काश कि माँ के साथ गुजरे इन दिनों में उसने माँ के खाने और दवा का उचित ध्यान रखा होता, कभी उनकी पसंद का कुछ पकाया होता, साथ बैठकर हँसती-बोलती। पर वह तो गृहस्थी के चक्र के साथ ही घूमती रही और वक्त हाथों से फिसल गया।

कल्पना में तुहिना ने मन की आँखों से देखा, 65 साल की माँ का असमय ही झुर्रियों से अँटा चेहरा, फूली नसों वाले हाथ और हलकी झुकी कमर। फिर भी दुबली-पतली माँ फुर्ती से अपनी प्यारी बेटी की गृहस्थी सँवारने के उत्साह में जल्दी-जल्दी हाथ के काम निपटा रही हैं। क्या माँ हमेशा से इतनी झुकी हुई थीं। नहीं, बचपन में उसने देखा

है सुंदर साड़ी में सजी हुई माँ को, उसके स्कूल जाते, मंदिर जाते, अतिथियों का स्वागत करते। तब वे सतर सीधी खड़ी होती थीं, अपने गरिमामय रूप में। शायद बच्चों की उपेक्षा के बोझ ने उन्हें इतनी जल्दी झुका-थका डाला। सोचते-सोचते तुहिना रो पड़ी।

□

2

कठपुतली

तविशा और जयंत की विवाह पूर्व कोर्टशिप-3 माह तक चली थी और यह समय वासंती बयार की तरह गुजर गया था। दोनों के परिवारों ने मिलकर सगाई की रस्म कर दी थी और सगाई के बाद एक-दूसरे को समझने के नाम पर दोनों ने शहर के सारे दर्शनीय स्थलों और रेस्तराँ के चक्कर लगा लिए थे।

जयंत अपने परिवार की तारीफ करता और बताता कि उसके माँ--पिताजी, भाई-भाभी और सबसे बढ़कर उसकी रानी दीदी कितने अच्छे हैं। वे तविशा को कितने प्यार से अपनाएँगे और यह कि उसे उम्मीद है कि तविशा भी उन सब में घुलमिल जाएगी। वह यह भी आश्वासन देता कि तविशा के रिटायर्ड वृद्ध माता-पिता का वह बहुत खयाल रखेगा। तविशा को लगता, उसका होने वाला पति एक आदर्श पारिवारिक व्यक्ति है और वह भविष्य के प्रति आश्वस्त हो जाती।

पर कभी-कभी कोई छोटी सी बात खटक जाती और संदेह के अंकुर डाल जाती। जैसे उस दिन जयंत ने पार्क में टहलते हुए झील की तरफ से आती ठंडे रेशम के अहसास सी हवाओं में उड़ते तविशा के

बालों को देखकर तारीफ की थी, "कितने खूबसूरत बाल हैं तुम्हारे।" तविशा ने मुसकराकर धन्यवाद दिया, तो जयंत बोल उठा, "और तुम्हारी स्माइल तो उससे भी खूबसूरत है। मुझे लगता है, तुममें कोई कमी नहीं। सच, अगर तुम यह जॉब नहीं कर रही होतीं, तब भी हर तरह से पत्नी के रूप में ग्रेट चॉइस होती।" तविशा को कुछ असहज अनुभव हुआ, जैसे वह उसे एक कमोडिटी, एक वस्तु की तरह परख रहा हो।

जयंत ने आगे कहा, "मैं तुम्हें अपने लाजवाब गुणों के बारे में भी बता दूँ। मैं बहुत अच्छा खाना बनाता हूँ। सभी कहते हैं, मेरी होने वाली पत्नी बहुत लकी होगी, क्योंकि मैं अच्छी-अच्छी डिशेज बनाकर उसे खिलाऊँगा। तुम्हें कुकिंग आती है या नहीं?"

तविशा हँस पड़ी। कहा, "मुझे उतनी अच्छी कुकिंग तो नहीं आती, बस दाल-चावल, रोटी-सब्जी बना लेती हूँ। कोई स्पेशल पकवान बनाने हों, तो माँ हमेशा दीदी को कहती हैं, वे गजब का स्वादिष्ट खाना बनाती हैं। पढ़ाई और नौकरी की व्यस्तताओं के बीच मैं विशेष कुछ सीख नहीं पाई, लेकिन अब सीख लूँगी, क्योंकि मुझे रुचि है सीखने की।"

जयंत उत्साह से बोला, "अरे, कोई बात नहीं! शादी पत्नी से खाना बनवाने को थोड़े ही की जाती है। खाना बनाने को हम एक कुक रख लेंगे। तुम तो बस सजधजकर इसी तरह सुंदर लगा करना। मेरा काम इसी से चल जाएगा।"

जयंत की इस बात ने तविशा का दिल बाग-बाग कर दिया। कितने उदार हृदय का स्वामी है उसका मंगेतर! यह भविष्य के प्रति आश्वस्त हो गई।

लेकिन ख्वाबों और उम्मीदों की बुनावट से बने वे 3 महीने पलक झपकते ही बीत गए और पति-पत्नी बनते ही जिंदगी एक नई डगर पर चल निकली, जिसके शुरुआती सफर में झटके पर झटके खाती तविशा अकसर जयंत से पूछ बैठती थी, "और कहाँ गए वे हमारे सपने, वे इरादे?" और जयंत कहता था, "अब हम पति-पत्नी हैं और इस रिश्ते में जिम्मेदारियाँ होती हैं, ख्वाब नहीं।"

तविशा उसकी बातों में घुली आत्ममुग्धता मिश्रित आत्मविश्वास के सामने उसे सही और स्वयं को गलत मानने की आदत डाल बैठी। शादी के दूसरे ही दिन जयंत ने उससे कहा, "तुम इतना तेज-तेज क्यों चलती हो? ससुराल में बहुओं की चाल तो मंथर होनी चाहिए।" तविशा को बड़ी शरम आई कि वह अपनी ऑफिस वाली चाल को ससुराल में चल रही थी। उसने अपनी चाल ठीक कर ली और कदम नाप-नाप कर रखने शुरू कर किए। जो 15 दिन अपनी ससुराल में गुजारे, उसने हर संभव कोशिश की कि अपने व्यवहार से सासू माँ, रूपा भाभी और रानी दीदी के दिल जीत ले, जिनकी जाँचती-परखती सी निगाहें हर समय उसी के इर्द-गिर्द घूम रही होती थीं।

छुट्टियाँ खत्म हुईं और दोनों ने जयपुर वापस आकर अपनी नौकरियाँ जॉइन कर लीं। कुछ दिन जयंत बिना बात मुँह फुलाए रहा। तविशा ने उसे बहुत मनाया। पूछा, "भला क्या बात हो गई? अचानक से इतना मूड ऑफ क्यों?" जयंत ने कहा, "मेरे घर पर लोग मेरे लिए बहुत चिंतित हैं कि तुम्हें खाना बनाना नहीं आता। तुममें घर चलाने का कोई सलीका है ही नहीं। सोच रहे हैं मेरा क्या होगा।"

सुनकर तविशा दुःखी हो उठी। चलते समय सासू माँ, रूपा भाभी और रानी दीदी से प्रेमपूर्वक मिलकर आई थी, उन्हें कीमती साड़ियाँ

उपहार स्वरूप दी थीं और वे सब स्टेशन पर उसे विदा करने आई थीं। तविशा ने उनसे सहानुभूति और प्रेम की अपेक्षा की थी, इन शिकायतों की नहीं।

जयपुर में जयंत शाम को अपने दोस्तों के साथ घूमता-फिरता, पार्टियाँ करता। तविशा ऑफिस से घर आकर यूट्यूब से विभिन्न व्यंजन बनाने की विधियाँ सीखने की कोशिश करती। जयंत भी एक ही उस्ताद था। खाते वक्त वह उसके बनाए खानों की प्रशंसा भी कर देता। लेकिन अपने दोस्तों के यहाँ पार्टियों में जब उसे ले जाता, तो मित्र की पत्नी के बनाए भोजन की प्रशंसा में ये शब्द जरूर जोड़ देता, "भाभीजी, क्या डिनर बनाया था आपने, जरा हमारी श्रीमतीजी को भी कुछ सिखा दें। अपनी जिंदगी तो दाल-भात व भिंडी की भुजिया पर कट रही है।"

भाभीजी प्रसन्नतापूर्वक खिलखिला उठतीं और तविशा उदास हो जाती। बाद में जयंत इसके लिए भी उसकी क्लास लगाता, "इतनी अनसोशल क्यों हो तुम? निशांत और सुमित की पत्नियों को देखा, कितनी हँसमुख हैं? तुम्हें तो बस मुँह लटकाकर बैठ जाना आता है।"

"मैं भी हँसमुख हो लेती, अगर इस तरह सबके बीच तुम मेरी बुराइयाँ नहीं गिनवा रहे होते।"

"कौन सी बुराइयाँ? अरे, अपने बारे में हकीकत सुनना पसंद नहीं तुम्हें? और थोड़ा स्पोर्टिंगली लिया करो इन बातों को।"

तविशा मन मारकर चुप हो जाती ऐसी बातों पर। उसने जान लगा दी कि घरदारी के कामों में एक्सपर्ट बन सके, पर जयंत को प्रसन्न कर पाना टेढ़ी खीर साबित हो रहा था। सारे घर की सफाई करके वह चमका देती, तो जयंत को खिड़कियों पर धूल नजर आ जाती और

वह उसके छुट्टी के दिन छिड़की-दरवाजों की धुलाई में व्यतीत करवा देता।

यदि कोई आगंतुक घर की स्वच्छता-सुंदरता की प्रशंसा कर दे, तो कहता, "अरे यह तो मैं हूँ ही इतना सफाई पसंद। मुझे तो वहाँ धूल नजर आ जाती है, जहाँ किसी की नजरें नहीं जाती।" रोज-रोज के भाषणों से थकी और पकी हुई तविशा ने एक पल को इच्छा की, काश उसकी शादी किसी अव्यवस्थित शख्स से ही हुई होती। उसके लिए तो जयंत ने न कभी किचन में हाथ आजमाया और न कभी घर सजाया, वह कैसे जाने कि कितनी लकी है वह।

इसी तरह कुछ और समय गुजरा और तविशा दो जुड़वाँ बच्चों की माँ बन गई। अब जयंत ने घर में एक कुक रख लिया था और उसकी माँ भी उनके साथ रहने लगी थीं। तविशा को अब नौकरी, घर, बच्चे तीन मोर्चों पर जूझना होता था। लेकिन जयंत का रवैया सहयोगात्मक होने के बजाय और भी आक्रामक हो उठा। यह दिन-रात नुक्ताचीनी के अतिरिक्त और कुछ न करता। तविशा अपने तनाव को अपने वृद्ध माता-पिता से उनके कुछ पूछने पर भी न बताती थी, क्योंकि अपनी चिंताएँ उन पर थोपकर इस उम्र में उनको दुःखी नहीं करना चाहती थी।

एक दिन उसने अपनी सासू माँ के सामने दिल खोला कि वे अपने बेटे को समझाएँ, तो शायद उसकी जिंदगी कुछ आसान हो जाए। लेकिन माताजी सब सुनकर संतमुद्रा में बोलीं, "जब तुम दोनों में पटती नहीं, तो आपस में बात ही न किया करो, चख-चख होगी ही नहीं और न तुम्हें टेंशन होगी।" तविशा ने माथा पीट लिया ऐसी सलाह पर। माताजी ने घर के नौकर रामू को लेकर भी तविशा को

नसीहत दे दी, "काम तो उसी को करने हैं, समय से काम करने के लिए उसके पीछे न पड़ा करो। जैसा मन करे, करने दिया करो, खुश रहेगा तभी घर में टिकेगा।" रामू भी घर में शक्तियों के संतुलन को समझ गया था, माताजी की चापलूसी में लगा रहता, उनसे गप्पें लड़ाता रहता।

तविशा घर और नौकरी के समय से कटौती कर बच्चों को समय देने की कोशिश करती, क्योंकि बच्चों की जरूरतों भी उपेक्षा होने पर उसका हृदय अपने कामकाजी होने को लेकर अपराधबोध से भर जाता। पर इससे दूसरे असंतुष्ट हो जाते। वह जैसे हो तैयार होकर ऑफिस के लिए निकलने को होती, जयंत एक न एक चीज को लेकर बखेड़ा शुरू कर देता। किसी दिन उसके मैचिंग मोजे नहीं मिलते, किसी दिन नाश्ता पसंद का नहीं होता, किसी दिन शर्ट की धुलाई में कमी होती। जयंत दाँत पीसकर उस पर चिल्लाता, "न खुद कुछ करना जानती है, न रामू से ही काम लेना जानती है। उससे अच्छा होता, मैंने किसी अनपढ़ लड़की से शादी की होती।" यदि तविशा अपनी सफाई में कुछ कहती, तो उसका जवाब होता, "तुम्हारी माँ ने और कोई गुण तो सिखाए नहीं, हर बात का जवाब देना सिखा दिया है।"

तविशा का ड्राइवर रोज बरामदे में बैठा जयंत की बकबक सुनता। तविशा जानती थी, ये लोग ऑफिस में जाकर गॉसिप करेंगे। इन सब चक्करों में वह ऑफिस प्राय: देर से पहुँचती और एक दिन बॉस ने इस बात के लिए मेमो दे दिया। शाम को दु:खी तविशा ने जयंत को अपनी समस्याएँ समझाने की कोशिश की। पर जयंत ने कहा, "तुम्हें क्या जरूरत है इतना कुशल अफसर बनने की? अभी बच्चे छोटे हैं। थोड़ा कॅरियर पर कम ध्यान दोगी तो भी चलेगा।"

□

पाँचवीं कक्षा में अनंत और अलिन का परीक्षा परिणाम अपेक्षानुकूल नहीं आया। "कम-से-कम बच्चों की देखभाल ही ठीक से कर लेतीं। बच्चे माँ की जिम्मेदारी होते हैं।" माँ का उतरा चेहरा देखकर अनंत और अलिन ने माँ से वादा किया कि वे आइंदा पढ़ाई में दिल नहीं चुराएँगे। समय गुजरने के साथ बच्चों ने पढ़ाई में बेहतरीन करना शुरू किया और देखते-ही-देखते 12वीं उत्तीर्ण कर बहुत अच्छी यूनिवर्सिटीज में प्रवेश पा गए।

जब तविशा और जयंत अलिन को हॉस्टल छोड़ने मुंबई गए, तो 4 दिन उन्हें जयंत की दीदी की बेटी डॉक्टर शिल्पा के यहाँ रुकना पड़ा। डॉक्टर शिल्पा अलिन की स्थानीय अभिभावक बनीं। शिल्पा की दिनचर्या तविशा के लिए अचरज भरी थी। वह सुबह साढ़े नौ बजे अपने हॉस्पिटल के लिए निकल जाती और संध्या 7-8 बजे तक छुट्टी मिलती उसे। बीच में मात्र आधे घंटे के लिए लंच लेने घर आती। जबकि तविशा अपने घर में लंच टाइम में समय से पहले भागी-भागी आती, सबको अपने निरीक्षण में खाना खिलाकर ऑफिस वापस जाती। फिर ऑफिस से समय से आधे घंटे पहले आती, ताकि बच्चों को शाम का नाश्ता कराके खेलने या ट्यूशन के लिए भेज सके और डिनर की तैयारी करवाए। इस चक्कर में खुद उसका खाना-पीना और हुलिया तबाह हुए रहते। जयंत कहता, "तुम दुनिया की सबसे अनस्मार्ट कामकाजी महिला हो।" यहाँ शिल्पा हर वक्त सँवरी हुई परफेक्शन की मिसाल दिखती थी। अपने कार्यक्षेत्र में भी वह बहुत कुशल थी और उसके ढेरों अवार्ड्स और सर्टिफिकेट्स घर में सजे हुए थे। जयंत ने शिल्पा को इसके लिए बहुत शाबाशी दी और लौटकर भी

यह उसके गुण गाते नहीं थक रहा था। तविशा ने यह भी देखा था कि कैसे शिल्पा के घर पर उसकी सासू माँ ने किचन की देखभाल और सबको प्रेम से खिलाना सब अपनी निगरानी में संपन्न करवाया। घर के हर काम में शिल्पा से अधिक उसका पति सहयोग करता।

रविवार का दिन था, घर पर कई काम मुँह बाए उसका इंतजार कर रहे थे। किचन रैक्स की सफाई करनी थी, परदे मशीन में धुलने को डालने थे, सर्दियों के कपड़े निकालने थे। अच्छा होते रहेंगे काम। तविशा ने खुद का रूखा-सूखा चेहरा ड्रेसिंग टेबल के शीशे में देखा और सोचा, फेशियल करवा लेना चाहिए। दो-तीन बरस पहले किसी रिश्तेदार के यहाँ गई थी, उसी समय करवाया था। वह पर्स उठाकर निकलने लगी। जयंत ने टोका, "कहीं जा रही हो क्या?"

"हाँ, थोड़ा ब्यूटी पार्लर से आती हूँ।"

"सुनो, आज मेरा इंदौर वाला मित्र सुशील अपने परिवार के साथ हमारे यहाँ डिनर पर आ रहा है। उसकी तैयारी करनी है।"

"हाँ, तो रामूजी कर लेंगे।" उसने रुखाई के साथ कहा और निकल गई। जयंत उसकी उद्दंडता पर चकित रह गया।

चार बजे लौटने के बाद उसने डिनर की थोड़ी-बहुत तैयारी करवाई। तय समय पर सुशील सपरिवार आ गया। उसकी पत्नी बहुत खुशमिजाज थी, उसने तविशा से उसके बनाए व्यंजनों की तारीफ की और रेसिपी पूछी। शाम अच्छी ही गुजर गई थी। पर उनके जाते ही जयंत उस पर बरस पड़ा। "तुमने इतने बेमन से बाजार के रसगुल्ले स्वीट डिश में रख दिए, मेरा मित्र इतने सालों बाद आया था, क्या गाजर का हलवा नहीं बना सकती थीं?"

"गाजर नहीं थे घर में।"

"तो ले आतीं, सारा दिन तो बाजारों में ही घूमती रहती हो। लेकिन इतना मैनेजमेंट तुमसे न हो सका कि घर में जरूरत की चीजें मौजूद रहें समय पर।"

इसके बाद जो हुआ, जयंत ने उसकी उम्मीद नहीं की थी। तविशा ऐसे सुलग उठी जैसे सूखी तीलियों को चिनगारी दिखा दे कोई। उसने आग्नेय नेत्रों से देखते हुए मानो शब्दों को तौल-तौलकर कहा, "अगर मुझे मैनेजमेंट नहीं आता, तो तुम खुद ही कर लेते। कोई जरूरी नहीं कि सबकुछ दूसरे ही करें और तुम निंदक की परमानेंट पोस्ट पर विराजमान रहो। जब इतना ज्ञान तुम्हारे पास है ही, तो कभी उस ज्ञान को खुद भी उपयोग में लाया करो। कब तक दूसरों को बाँटते रहोगे?" यह कहकर उसने अपने रूम का दरवाजा बंद कर लिया। उसके बाद उनकी बातचीत बंद हो गई और उसने घर के कामों को हाथ लगाना भी बंद कर दिया।

आज उनका यह अबोला शुरू हुए दो महीने बीतने को हैं। तविशा को बड़ा आराम है। न बोलने के भी फायदे हो सकते हैं, यह तो उसने पहले सोचा ही न था। अब न तो हर घंटे पर 'चाय बनाओ' की टेर लगती है और न ही 'एक गिलास पानी देना' की और भाँति-भाँति के दूसरे उन कामों से मुक्ति मिली, जो पतिदेव को खुश करने के लिए किए जाते हैं, पर जिनसे पति देवता कभी खुश नहीं होते। अपना वक्त अब अपना है और जी भर के अपने कपड़ों, अपने मेकओवर और अपने ऑफिस के कामों को पकड़ में लाने पर खर्च किया जा सकता है। अठारह सालों से दूसरों की प्रोग्रामिंग से रोबोट बनकर चलती रही। उसने आज न जाने कितने दिनों बाद एक पेंसिल स्केच बनाया है। भूल गई थी कि कभी यह उसकी प्रिय हॉबी हुआ करती थी। लेकिन

इन सबसे बढ़कर यह कि अब ताने नहीं सुनने पड़ते। ताने नहीं सुनने से अपना दिमाग एकदम शांत है और रचनात्मक, सृजनात्मक हो रहा है। वे भी दिन थे, जब इस शख्स से एक दिन न बोलो तो मन खराब हो जाता था कि घर का वातावरण कहीं तनावपूर्ण न हो जाए। वह खुद जाकर संधि कर लेती थी। लेकिन अब वह संधि प्रस्ताव किसलिए दे, जबकि उसे इस परम ज्ञान की प्राप्ति हो चुकी है कि पति ताने इसलिए नहीं सुनाता कि पत्नी में कमियाँ हैं, बल्कि ऐसा इसलिए करता है, क्योंकि वह पत्नी को अपने हाथ का खिलौना समझता है।

वह किचन में किसी काम से गई। जयंत ने दरवाजे से झाँका और विनम्रता से कहा, "सुनो, अगर तुम किचन में ही हो तो प्लीज, क्या एक कप चाय बना दोगी? रामू आज बीमार है।"

"बनाती हूँ," उसने सहज भाव से कहा। थोड़ी देर में माताजी और रामू को चाय देकर वह जयंत की चाय लेकर लॉन में आई। जयंत ने अस्वाभाविक रूप से सद्भाव भरी वाणी में कहा, "अपनी भी चाय यहीं ले आओ न।"

तविशा अपना कप भी ले आई और एक लॉन चेअर थोड़ा अपनी ओर खींचकर बैठ गई। कुछेक पलों की असहज सी चुप्पी के बाद तविशा ने कहना शुरू किया, "मैं आपको विनम्रतापूर्वक और सूचनार्थ कुछ बताना चाहती हूँ।" जयंत ने प्रश्नवाचक दृष्टि से देखा, तो उसने आगे कहा, "अब से घर के काम मैं उसी सीमा तक करूँगी, जितने से मेरे स्वास्थ्य पर कोई विपरीत असर न हो और मेरा कॅरियर व व्यक्तित्व भी प्रभावित न हो। जैसे यदि मेरे हाथों की चाय पीनी है, तो सुबह-शाम नियत समय पर मिलेगी। छुट्टी के दिनों में दस बार चाय पीने का मन हो, तो आप और रामूजी मिलकर मैनेज कर लें। कारण?

कारण यह कि आपकी सराहना तो मुझे इस जीवन में मिली नहीं, तो मैं कम-से-कम अपना व्यक्तित्व और जीवन का बचा हुआ अंश तो अपने लिए समेट लूँ। आप इतने ज्ञानी पुरुष हैं, यह प्रसिद्ध उक्ति तो सुनी ही होगी—सर्वनाशे समुत्पन्ने अर्द्धम त्यजति पण्डितः। यानी जब सबकुछ नष्ट हो रहा हो, कम-से-कम आधा बचा लेना ही बुद्धिमानी है।" इतना कह तविशा खिलखिला उठी।

जयंत को याद नहीं, पिछली बार कब यह दब्बू तविशा इस तरह खुलकर हँसी थी। जयंत ने विस्मित आँखों से उसे देखते हुए दिल में कहा, 'ज्यादा ऊँची उड़ान भरने वाले जल्द ही मुँह के बल गिरते हैं,' पर उसके होंठ खुलकर यह बात नहीं कह पाए, बस उन पर एक फीकी सी मुसकराहट चिपककर रह गई।

□

3

अवांछित जीवन

श्री राधेश्याम मिश्रजी ने अपने परिवार, गाँव-समाज, अपने देश, सभी से पूरे मन से प्यार किया था। देश का स्वतंत्रता संग्राम जब अपने चरम पर था, उसी दौर में उनका बचपन गुजरा था। इसलिए जब वे नौकरी में आए तो इस हार्दिक इच्छा के साथ कि देश निर्माण में अपना योगदान दें। अत: सिंचाई विभाग में इंजीनियर रहते हुए भी उन्होंने पूर्ण ईमानदारी से ही अपना हर कर्तव्य निभाया। अपने गाँव-समाज से इतना प्रेम कि अपने गाँव और आसपास के पचासों लोगों को नौकरी दिलवाई, जो साठ-सत्तर के दशक में उनके लिए कर सकना संभव था। अपना एकमात्र घर, जो जीवन में वे सेवानिवृत्ति के पाँच वर्ष पूर्व बनवा सके उसे अपने गाँव में ही बनवाया, ताकि गाँव में सेवानिवृत्त जीवन बिताने की चिरसंचित इच्छा पूरी हो सके।

अपने बच्चों और पूरे परिवार से इतना प्रेम था कि कभी किसी को कड़ी बात कह उनका दिल नहीं दु:खाया। अपने वेतन से सभी की जरूरतें पूरी करने की कोशिश की। कभी बड़े पुत्र और बड़े भाई के रूप में भी गुरुतर जिम्मेदारियाँ निभानी पड़ी थीं, उस वक्त भी किसी

पर दबंगई नहीं की और तत्पश्चात् पिता की भूमिका में भी तानाशाह नहीं बने थे।

राधेश्यामजी ने 30 सितंबर, 1991 को सेवानिवृत्त होने के बाद अब करने वाले कामों की तथा मुख्य योजनाओं की एक इच्छित सूची बना ली थी। ये वह योजनाएँ थीं, जो नौकरी की व्यस्तता में तथा नियमों की अड़चनों में बँधे रहकर वे कार्यान्वित नहीं कर सके थे। उनमें से एक था गाँव के बच्चों की भलाई हेतु वहाँ के मिडिल स्कूल को माध्यमिक विद्यालय में बदलना, उसका स्तर ठीक करना तथा गाँव के पुस्तकालय का जीर्णोद्धार। इसके अतिरिक्त कई पुस्तकें, जो नहीं पढ़ीं थीं परंतु पढ़ने की हार्दिक इच्छा थी, उनकी सूची बना ली थी कि अब खाली वक्त में पढ़ डालेंगे। उनकी छोटी बेटी बी.एच.यू. से इतिहास में पोस्ट ग्रेजुएशन कर रही थी। बड़े दो बेटों की शादियाँ हो चुकी थीं और वे अलग शहरों में बसे हुए थे। अब बेटी रिंकी की शादी भी दो वर्षों के अंदर करके अपनी जिम्मेदारी पूर्ण करने की इच्छा थी। उन्होंने सोचा था, रिटायरमेंट के बाद खूब पढ़ने के अलावा लिखेंगे भी और मौका मिला तो अखबारों में कॉलम लिखकर देश की ज्वलंत समस्याओं के विषय में जागरूकता फैलाएँगे।

सितंबर 1991 में रिटायर होने के बाद पेंशन चालू कराने हेतु पुराने ऑफिस आने-जाने की कवायद शुरू हुई और वर्ष का अंत आते-आते वे समझ गए कि पेंशन चालू करवाना और बाकी देय सेवांत लाभ लेना टेढ़ी खीर था। 1992 की शुरुआत उनके लिए निराश मन:स्थिति से हुई, क्योंकि पिछले तीन महीनों में आर्थिक स्थिति डाँवाँडोल हो गई थी। हर तीन-चार दिन पर गाँव से वह पटना हेड ऑफिस जाते, पैसेंजर ट्रेन में बैठकर और शाम सात-आठ बजे तक शटल से लौटते।

ऑफिस में पुनः उन्हें उनके कागजातों में कुछ कमी बता दी जाती या कागजात ठीक हो जाने पर संबंधित बाबू छुट्टी पर गए हैं, यह कहा जाता। कुछ आश्वासन दिए जाते जिसके आधार पर फिर अगले हफ्ते आने का सीन बन जाता।

ऑफिस से निकलकर राधेश्यामजी पुराने दिनों की याद में कभी गांधी मैदान घूमने चले जाते तो कभी महावीर मंदिर। एक बार उन्होंने गांधी मैदान में फुटबॉल मैच होते देखा और प्राइज वितरण करते शत्रुघ्न सिन्हा को देखा तो वहीं दो घंटे बिता दिए। दशहरे के दिन करीब होते तो बन रहे पंडालों को घूमकर देखते, पुराने दिन याद करते।

इसी तरह दो साल व्यतीत हो गए तब जाकर उनके सभी सेवांत लाभ मिल पाए। रिश्वत लेने-देने की कला से अनजान रहने का ही यह फल था, जो राज्य की सरकार ने ईमानदारी के एवज में उन्हें दिया।

अब गाँव-समाज की ओर ध्यान देने का वक्त आ गया था, जब आर्थिक तंगी की उलझनों से थोड़े मुक्त हुए। नौकरी में रहते हुए ही उन्होंने गाँव के पुस्तकालय को कुछ राशि और अपने संग्रह से सैकड़ों पुस्तकें भेंट की थीं। मध्य विद्यालय के उच्चतर माध्यमिक विद्यालय में अपग्रेडेशन के लिए उन्होंने शिक्षा विभाग में अपने संपर्कों से बात की थी और फंड उपलब्ध करवाने की कोशिश की थी।

गाँव के कुछ गणमान्य व्यक्ति प्रायः उनके घर आकर इस पर चर्चा करते तथा उन सबने इस उद्देश्य के लिए स्कूल मैनेजमेंट कमिटी बनाई, जिसका अध्यक्ष राधेश्यामजी को बनाया गया। कमिटी की बैठक प्रत्येक शनिवार को होती, जिसमें स्वच्छ-श्वेत धोती-कुरता पहनकर सम्मिलित होने वे बड़े शौक से स्कूल भवन पहुँचते। पर जब स्कूल के लिए गाँव की सब माँगें सरकार ने मान लीं, फंड भी सैंक्शन

हो गया, तब फंड का दुरुपयोग करने के लिए गिद्ध दृष्टि लगाए लोगों ने साजिश करके उन्हें अध्यक्ष पद से हटा दिया।

यह उनके लिए अनिवर्चनीय विषाद और अशांति का समय था। शहरों का आकर्षण छोड़ गाँव की ओर खिंचे चले आने वाले की ममता को जैसे उसी की जननी धरती ने दुत्कार दिया हो। उन्होंने कहीं जाना छोड़ दिया और अपने तक सीमित हो गए।

घर की छोटी फुलवारी में जब उनकी पत्नी दोपहर को घर के काम समाप्त कर सीना-पिरोना लेकर बैठतीं तो वे उनसे ही अपना दुःख कहते। प्रायः कहते—"बहुत दिनों से यहाँ मन नहीं लग रहा, इच्छा होती है कहीं घूम आऊँ। बच्चों के यहाँ दस-दस दिन रह के आऊँ तो उनसे मिलना भी हो जाएगा और घूमना भी।"

एक दिन सुनते-सुनते पत्नी ने विरक्त होकर कहा—"दो साल से पेंशन नहीं मिल रही थी, पर दोनों कमाऊ बेटों ने पाँच सौ रुपए से भी मदद नहीं की। अभी बेटी की शादी तय करने पर ध्यान दीजिए। बच्चों के यहाँ भटकने कहाँ जाएँगे।"

"अरे तो रिंकी के विवाह में दोनों बड़े बेटों को तो मदद करनी होगी, उन्होंने कहा भी था कि मदद करेंगे, उनके यहाँ जाऊँगा तो इस पर बात-विचार करूँगा उनसे।"

"ठीक है, इतनी इच्छा है तो हो आइए उनके यहाँ से भी," पत्नी ने एक नाउम्मीदी की आह-सी भरते हुए कहा।

पर बहुत दिनों बाद बहुत उम्मीद और उत्साह से राधेश्यामजी ने बाहर जाने की तैयारी शुरू कर दी। अपना छोटा सूटकेस तैयार किया पत्नी की मदद से और भिलाई जाने वाली ट्रेन में शाम को बैठ गए।

स्टेशन पर खूब तड़के सुबह उतरकर ऑटो में सवार हुए और

सुव्यवस्थित नगर को मुग्ध दृष्टि से देखते गए। राकेश का क्वार्टर आ गया तो खुद सूटकेस सँभाल दुतल्ले की सीढ़ियाँ चढ़े। दरवाजा खोलकर राकेश ने पैर छूकर प्रणाम किया। वह फैक्टरी जाने के लिए तैयार था। बोला—"सॉरी पापा, मुझे सुबह-सुबह ही फैक्टरी जाना पड़ता है। आपको कल यानी रविवार के दिन भिलाई घुमाऊँगा। आज आप रेस्ट कीजिए।"

बहू ने भी आकर प्रणाम किया। उसको जीन्स, टी-शर्ट में देखकर राधेश्यामजी की अनभ्यस्त आँखों को अटपटा लगा, पर उन्हें किसी की स्वतंत्रता में बाधक बनने की आदत न थी, इसलिए उन्होंने इस पर अधिक ध्यान नहीं दिया। उनका सामान एक बेडरूम में रख दिया गया था, जहाँ चाय-नाश्ते के बाद कुछ देर तो वे खिड़की से कॉलोनी का नजारा देखते रहे, फिर सारा दिन बिस्तर पर सोते या करवटें बदलते रहे। बीच में एक बजे लंच भी किया।

छह बजे फैक्टरी से लौटकर राकेश उनके कमरे में आया तो बजाय पहले उनका हालचाल पूछने के वह अपनी हलके रंग की चादर पर उनके पैरों के निशान देखकर दुःखी हो गया, बोल उठा—"पापा! यह क्या किया आपने, हलके रंग की चादर से दाग छूटते भी नहीं हैं। आप कुरसी पर बैठकर चाय पी लीजिए। मैं चादर बदल देता हूँ।" जब वह चादर बदलकर एक गहरे नीले रंग की पुरानी सोलापुरी चादर बिछा रहा था, राधेश्यामजी अपनी लापरवाही पर सिकुड़-से गए थे। चाय का कप उन्होंने सुंदर सी तिपाई पर रखा तो झट से राकेश ने उनका कप उठाकर उसके नीचे एक कोस्टर रख दिया और बोला, "कप से चाय के दाग तिपाई की सतह पर बैठ जाएँगे।" उसके बाद उसने टिप्पणी की कि तकिया मोड़कर उनकी सोने की आदत अभी

भी नहीं गई। उसने एक रुई का तकिया बेड पर रखकर पहले वाला अच्छा तकिया हटा दिया, ताकि वह खराब न हो जाए।

फिर उनके सामने बैठकर कहने लगा, "पापा, सुमिता को गंदगी और अव्यवस्था से एलर्जी है, इसलिए थोड़ी सावधानी बरतनी होगी।" राधेश्यामजी इतना डर गए थे कि अगले दिनों में साहस जुटा-जुटाकर भी वे किसी तरह रिंकी की शादी में मदद की बात छेड़ नहीं पाए। अगले दिन रमेश उन्हें मंदिर, पार्क आदि घुमा लाया। फिर उसके अगले दो दिन उसे वक्त नहीं था।

एक दिन लंच के बाद बहू की कुछ सहेलियाँ उससे मिलने आई थीं। शायद किटी पार्टी जैसी कोई चीज चल रही थी। वहाँ से समवेत हँसी के स्वर के साथ कई वाक्य उनके कानों में पड़े—"अरे तुम्हारे ससुरजी यहाँ से कब पलायन करेंगे। हम तो खुलकर हँस भी नहीं पा रहे। उनकी रिस्पेक्ट रखनी है न!"

"अरे क्या रिस्पेक्ट! अपनी बेटी की शादी के लिए वसूली पर निकले हैं, पता नहीं कब तक रुकेंगे।" पता नहीं बहुएँ ये बातें कैसे बिना कहे ताड़ लेती हैं और बेटे कहने पर भी नहीं समझते?

"अरे, यही गलत है। यह पुरानी पीढ़ी बच्चों पर अपनी जिम्मेदारियाँ थोपकर उनकी जान आफत में डाल देती है। तुम्हें तो दिक्कत हो जाएगी।"

"अभी क्या कम दिक्कत है, जहाँ बैठते हैं, अपना गमछा, चश्मा इधर-उधर रख देते हैं। किचन में घुसकर गिलास उठाया पानी पीने को तो कई बरतन इधर-उधर रख दिए। ऊपर से सारी दोपहर और रात इतनी तेज खर्राटे लेते हैं कि मेरी नींद चौपट हो जाती है।" महिलाओं ने खर्राटे वाली बात पर जोरदार ठहाका लगाया और राधेश्यामजी केंचुए

की तरह और भी सिकुड़ गए। शाम को राकेश आया तो उन्होंने वापसी का टिकट कटाने की जिद पकड़ ली। राकेश बोला, "आपने तो कहा था दस दिन रहेंगे। फिर भी जाना चाहते हैं तो वापसी का टिकट क्यों? राँची का टिकट कटा देता हूँ। रंजीत के यहाँ भी घूम आइए," उनकी हाँ–ना का इंतजार किए बिना टिकट कटाने वह बस अड्डे की ओर निकल लिया। शायद वह भी अपनी पत्नी की तनी भृकुटियों के कारण बेचैन था और माहौल कब पूर्ववत् शांत, आरामदेह हो जाए, इसके इंतजार में था।"

अगले दिन सुबह ही बस पकड़ शाम को जब वे राँची पहुँचे तो रंजीत उन्हें लिवाने बस अड्डे तक आया था। अपनी लंबी गाड़ी में बिठाकर घर ले जाते हुए वह यह कहने से नहीं चूका कि राकेश उन्हें रिसीव करने स्टेशन तो गया नहीं होगा। बात सत्य थी। राधेश्यामजी सोचते रहे, बड़े भाई से प्रतिद्वंद्विता करना रंजीत के स्वभाव से कभी गया नहीं। अपने तिमंजिले विशाल घर के एक सुंदर कमरे में उनका सामान रखकर रंजीत ने अपने सामने उन्हें भोजन कराया और पिता के आतिथ्य में अच्छा सुस्वादु भोजन तैयार करने के लिए अपनी पत्नी की प्रशंसा करता रहा और राकेश की पत्नी के मेम साहब वाले स्वभाव की भरपूर निंदा की। पिता को बेडरूम में बड़ा सा टीवी चलाकर उसने आराम करने के लिए कहा और खुद अपने ऑफिस चला गया। अपने दो मित्रों के साथ मिलकर उसने एक आर्किटेक्चरल फर्म खोली थी। अगले दिन उसने पिता को राँची के दर्शनीय स्थल दिखाए। दिन भर चाय, कॉफी, भाँति-भाँति के व्यंजनों से उनकी खातिरदारी की, परंतु रात्रि में अपनी फर्म के कर्जे में होने की जानकारी देकर उनसे कहने लगा कि वे गाँव का बागीचा बेचकर उसे पाँच लाख दे दें।

राधेश्यामजी ने चिंतित होकर कहा, "अभी रिंकी का विवाह करना है, अगर जमीन चली गई तो विवाह के लिए पैसे जुटाना मुश्किल हो सकता है, अगर ऐन वक्त पर वैसी जरूरत हुई तो।"

यह सुनते ही रंजीत का मूड ऑफ हो गया और अगले दिन उसने उनसे शीत युद्ध छेड़ दिया। उसकी पत्नी तो वैसे भी उनसे कुछ बोलती न थी, अभी उसका मुँह भी इस कांड के बाद बना हुआ था। नाश्ता-खाना नौकर उनके रूम में रख गया। अपमानित महसूस कर राधेश्यामजी ने अपना झोला-डंडा समेटा और बस अड्डे की ओर शाम को निकल लिये। जाने कहाँ से तभी रंजीत गाड़ी लिये आया और उन्हें वापस बस अड्डे छोड़ आया। वापस जाते हुए उन्हें ताना देना न भूला कि जिस बहू के आतिथ्य और भविष्य की उन्होंने कद्र नहीं की, उसी ने उन्हें गाड़ी से छोड़कर आने को कहा था, "दिल देखिए उसका, कितने अच्छे दिल की है। और आपने अपने बेटे की मदद की बात आई तो दिल छोटा कर लिया।" वह टिकट खरीदकर उन्हें बस में चढ़ाकर अकड़ते हुए वापस लौट गया।

अगले दिन बनारस बस अड्डे पर उतर वे सीधे बेटी के हॉस्टल मिलने चले गए। जाते समय रास्ते में उसके लिए फल खरीदे। बहुत देर तक विजिटर एरिया में बैठने के बाद वह सड़क पर आती दिखी तो एक दाढ़ी-मूँछ वाला लड़का उसके साथ-साथ आ रहा था। प्रणाम करके रिंकी ने उससे परिचय कराया। फिर वह लड़का क्लास के लिए चला गया तो पिता-पुत्री बातें करने बैठे।

उन्होंने अपनी यात्रा की पूरी दास्तान सुनाई तो रिंकी उनसे नाराज हो गई, बोली, "आपको मेरे विवाह के लिए किसी से पैसे माँगने की जरूरत नहीं थी। क्यों खुद को छोटा करते हैं।"

"बेटी, शादी तो एक दिन होगी और उसमें खर्च तो होता ही है। मैंने तो पहले अपने तीनों भाइयों की और फिर तुम लोगों की पढ़ाई-लिखाई अच्छे से करवाई है, इसलिए अब अधिक बचत नहीं है मेरे पास।"

"आपको चिंता करने की जरूरत नहीं है पापा! यह लड़का जिससे मैंने मिलवाया था, वह मुझसे शादी करना चाहता है और हम आर्यसमाज मंदिर में शादी कर लेंगे।"

"अरे, पर वह हमारी कम्युनिटी का नहीं है और अभी अपने पैरों पर खड़ा भी नहीं है और जाने कब खड़ा होगा, तुमने अपनी माँ को भी नहीं बताया और पूरा फैसला खुद ही कर लिया?"

"पापा, अब सारी बातें हमने तय कर ली हैं, अब हम बात से फिर नहीं सकते।"

बेटी के चेहरे पर दृढ़ता के साथ अवज्ञा के भी भाव थे। यही बेटी कुछ समय पहले तक अपने जीवन के हर फैसले में उन्हें शामिल करती थी, उनकी सलाह की कद्र करती थी।

शाम को घर पहुँचे तो पत्नी तुलसी चौरे पर संझा बाती कर रही थीं। पड़ोस के घर के आँगन से शादी के मंडप के बाँस दिख रहे थे। वे घर के बाहर की फुलवारी में लगी कुरसी पर बैठे। पत्नी पड़ोस के शादी के घर से आए लड्डू और पानी लेकर आईं। एक लड्डू खाते हुए उन्होंने कहा, "अब सारी समस्या ही सुलझ गई। रिंकी आर्यसमाज मंदिर में शादी करेगी। न अब हमें मंडप छवाना है, न लड्डू बनवाने हैं, न किसी से शादी के खर्च में मदद माँगने की जरूरत है।"

पत्नी अवाक् रह गई। बेटों और बेटी से मुलाकात की सारी कहानी सुनने के बाद उन्होंने कहा, "आपको ही शौक था घूमने का,

सबसे मिलने का। सब अपनी जिंदगी में आजाद हैं और खुश है, हमारे लिए यही अच्छी बात है। अब इस उम्र में हमारी बात सुनने, हमसे कुछ पूछने का धीरज किसको है?"

दूसरे दिन इतवार था, परंतु यहाँ इतवार-सोमवार-बुधवार सब बराबर थे। जाना कहाँ था? न ऑफिस, न गाँववाले, न ही बच्चे, कोई उनकी राह नहीं तक रहा था। वे अपनी पुस्तकों की अलमारी के पास जाकर खड़े हो गए। सारी पढ़ी हुई पुस्तकें थीं। बनारस में एक बुक स्टोर पर थोड़ी देर रुककर पुस्तकें पलटी थीं। सारी अच्छी पुस्तकें, जो वे पढ़ना चाहते थे, पाँच सौ रुपए से ऊपर के मूल्य की थीं। मुश्किल से दो पुस्तकें खरीद पाए थे। उन्हीं पुस्तकों को शायद दुहरा-तिहराकर पढ़ना होगा कि उनकी सूची की महँगी पुस्तकें उनके लिए खरीदना भी मुश्किल था। फुलवारी के पौधों की देखभाल में भी समय काटा जा सकता है। यही अच्छा था। कम-से-कम ये पुस्तकें और पौधे पलटकर उन्हें खुद से दूर करने को उन पर मनगढ़ंत इल्जाम तो नहीं लगाएँगे, उन्हें अनुपयोगी और अवांछित होने का एहसास तो नहीं कराएँगे।

□

4

अहेरी

शुचि को अपने माता-पिता से शिकायतें-ही-शिकायतें थीं। एक तो माता-पिता दोनों को आपस में पिछले जन्म का बैर-सा था कि व्यंग्य और तानों से ही एक दूसरे को संबोधित करते, जो दिन में कभी-न-कभी गंभीर वाक्युद्ध का रूप ले लेता और घर में अशांति व्याप जाती।

दूसरी शिकायत यह थी कि इस बीच कभी गरमागरमी और कभी शीतयुद्ध के सतत वातावरण को झेलने के लिए चार बच्चे भी दुनिया में लाए। भला आजकल के जमाने में चार बच्चे किसके होते हैं; यह कोई साठ या सत्तर का दशक थोड़े ही चल रहा था। फिर भी बेटे की चाह में बच्चों की संख्या बढ़ गई। पहली बेटी को लक्ष्मी मानकर कमला नाम रखा, दूसरी को उससे तुक मिलाकर अमला नाम दिया। फिर लोगों ने बताया, नामों की तुक मिलाने से आगे भी बेटियाँ ही होंगी और सच में जब तीसरी बेटी गोद में आ गई तो उसका नाम उन्हें तुक तोड़कर शुचिता रखना पड़ा।

फिर जाकर आया छोटा भाई और शुचिता की तीसरी शिकायत

उसी को लेकर थी। उसे लगता, घर में छोटे भैया को तो राजा बेटा बना दिया सबने, जबकि बहनों के विरुद्ध भेदभाव हो रहा है। भाई का घरेलू नाम वास्तव में राजा ही रखा गया था। बड़ी दोनों बहनें कमला और अमला उसे सजा-धजाकर राजा बाबू बनाकर खूब प्यार करतीं, उसके साथ खेलतीं, आँगन में खटोले पर उसे लोरियाँ गा-गाकर सुलातीं। शुचि भी छुटपन में उससे बहुत प्यार करती थी, पर किशोरावस्था में प्रवेश करते ही तीन साल छोटे भाई से लड़ाइयाँ शुरू हो गई थीं। उसके अंदर तब जग रही फेमिनिस्ट राजा को मिलती हर सुविधा को नुक्ताचीनी की दृष्टि से देखती। पिता रूढ़िवादी नजरिए के थे, इसलिए तीनों लड़कियों को शहर के एकमात्र बालिका विद्यालय में पढ़ाया, पर राजा का प्रवेश एक अंग्रेजीपरस्त पब्लिक स्कूल में कराया।

थोड़ा और बड़े होने पर शुचि का एडमिशन शहर के सबसे प्रतिष्ठित कॉलेज में हुआ। पिता ने थोड़ी आनाकानी के बाद इस सह-शिक्षा कॉलेज में पढ़ने की अनुमति दे दी, पर इसलिए कि इतने अच्छे कॉलेज में नामांकन न दिलवाने पर उनके वे मित्र उन पर हँसते, जो शुचि के वहाँ एडमिशन हो जाने पर बधाइयाँ देने आए थे।

पर दोनों बड़ी बेटियों की शादी उन्होंने ग्रेजुएशन के बाद ही कर दी। दोनों ने पहले तो दबे स्वरों में विरोध के सुर उठाए भी कि आजकल इतनी जल्दी शादी कौन लड़की करती है ? पच्चीस से पहले तो कोई नहीं और अधिकतर तो तीस की उम्र छूकर कर रही हैं। पर पिता ने कहा कि रिटायरमेंट से पहले वे अपनी जिम्मेदारी के बोझ से विमुक्त होना चाहते हैं। शुचि ने दोनों दीदियों को बोझ समझे जाने पर उन्हें ललकारा भी था कि वे ऐसी बातों के खिलाफ बगावत क्यों नहीं करतीं, पर दोनों ने अपने मुँह सी लिये कि दोनों ने अपना कॅरियर

बनाने के लिए कोई मेहनत तो की नहीं थी और घर में पिता के सख्त अनुशासन ने शायद उन्हें उबा दिया था और वे आजाद हवा में अपने पंख तौलना चाहती थीं। उन्हें उम्मीद थी कि अगला घर, जहाँ वे जाएँगी, वहाँ एक दिन उनका राज-पाट स्थापित हो जाएगा और वह मनचाही जिंदगी जी सकेंगी। यह एक जुआ तो था, क्योंकि आजाद फिजां के बजाय कोई पिंजरा भी सामने इंतजार कर रहा हो सकता था। पर उन्हें बदलाव के लिए यह जुआ खेलना मंजूर था कि यहाँ तो अपनी मर्जी से न बाहर जाने की इजाजत थी, न अपनी मर्जी की चीजें खरीदने की गुंजाइश, क्योंकि बड़े परिवार और छोटी तनख्वाह के कारण पैसों का टोटा था। और इसी में छोटे भाई के महँगे स्कूल की महँगी माँगों को भी पूरा करना था। भाई के कंधों पर माँ-बाप के भविष्य का बोझ जो था।

इसलिए कमला-अमला बाईस और तेईस साल की उम्र में अपनी ससुरालों को प्यारी हुईं। एक ही मंडप में दोनों की शादी कर खर्च बचाने में पिता सफल हुए। लेकिन बीस साल की शुचि को दीदियों के जाते ही घर भायँ-भायँ करता सा लगने लगा। उसे अब पता लगा कि घर में जो भी शोभा, जो भी हँसी-खुशी थी, दोनों दीदियों से ही थी। अब उसे सूने घर से दहशत-सी होती। वह कॉलेज से घर का रुख करना ही नहीं चाहती। घर में था ही क्या ? पिता का सख्त अनुशासन, भाई के नाज-नखरे, माँ की हरचंद कोशिश कि तीसरी बेटी को घर के कामों में लगाए, जबकि वह पढ़ाई के नाम पर हमेशा घर के कामों से जी चुराती आई थी। दीदियों ने उसे घरदारी से मुक्त रखा था तभी तो वह हर कक्षा में अच्छा परिणाम लेकर अच्छे कॉलेज तक पहुँच पाई थी। माँ को लगता कि दोनों बड़ी बेटियों के चले जाने से उनके

दो सहारे चले गए। वे अकेली कामों में लगी थकने लगतीं। पर शुचि रसोई में थोड़ा बहुत ही हाथ-बँटाकर झल्लाना शुरू कर देती थी। ऊपर से अप्रैल के अंत में सेमेस्टर की अंतिम परीक्षाएँ थीं। उसने माँ से साफ-साफ कह दिया कि वह अपना एक-एक मिनट परीक्षा की तैयारी में लगाएगी, ताकि उसका परीक्षा परिणाम सर्वश्रेष्ठ रहे।

एक दिन माँ के सिर्फ चाय बनाने को कहने पर शुचि ने चिल्लाकर कहा कि वे उसकी पढ़ाई खराब करना चाहती हैं, "माँ, तुम चाहती हो कि मैं भी दीदियों की तरह घर के कामों में खटती रहूँ और कुछ बन नहीं पाऊँ जीवन में। फिर मुझे गले में रस्सी बाँधकर जिस घर में मन हो, उसी घर के खूँटे पर बाँध दो।"

माँ अवाक् सी उसका चेहरा देखती रह गईं। जीवन भर पति के तानों से उन्होंने मोरचे लिये थे, पर संतान के आरोपों में निहित अन्याय इतना चुभा कि उन्होंने उसे फिर कुछ टोकना-कहना लगभग छोड़ ही दिया।

दिन-पर-दिन शुचि और हताश और चिड़चिड़ी होती जा रही थी। और दिन तो कॉलेज में निकल जाते, पर छुट्टियों के दिन शुचि पर भारी पड़ते। जब पिता घर से इधर-उधर होते तो वह मानो हवा से लड़ते हुए अपनी किस्मत का मातम करती रहती—"यह भी कोई घर है। ढंग से बैठने की कोई जगह भी नहीं। वही पच्चीस साल पुराना, घिसा हुआ, फटा हुआ, दहेज ब्रांड सोफा, जिसे कवर डाल-डालकर ढकते हैं। यहाँ अपनी दोस्तों को भी बुला नहीं सकते, सब हमारे लो-स्टैंडर्ड पर हँसेंगी। हर चीज ही यहाँ पुराना और घिसा हुआ मॉडल है। टी.वी. बीस साल पुराना बक्से के जैसा, फ्रिज पंद्रह साल पुराना। माँ, तुम कितना सँभाल-सँभालकर चीजों को रखती हो कि ये खराब भी नहीं

होती कि इनकी जगह नई आ सकें। तुम्हें तो इसके लिए मेडल या अवार्ड मिलना चाहिए। और खुद से घिस-घिस के कपड़े धोती हो, ये भारी परदे और चादरें! आज तक वाशिंग मशीन नहीं खरीद सकीं।"

माँ कहतीं, "पहले कमला-अमला कपड़े धो देती थीं, पता भी नहीं चलता था कभी। तुमसे ये नहीं होता कि जो कुछ है, उसी की झाड़-पोंछ कर दो। वे दोनों करती थीं कि नहीं? मैं अकेली जान कहाँ-कहाँ ध्यान दूँ? सबकुछ व्यवस्थित कर के धो-पोंछ के रखो और बुला लो सहेलियों को। कमला-अमला की सहेलियाँ तो आती ही थी यहाँ। कितना गुलजार रहता था यहाँ उन दोनों के होने पर।"

"हाँ-हाँ, मैं ही तो मनहूस हूँ।" शुचि चिल्लाती, "इन रंग-उड़ी दीवारों को भी झाड़-पोंछकर चमका सकती हूँ क्या? मेरे कॉलेज में अमीर घरों के बच्चे पढ़ते हैं, उन्होंने ऐसे पुराने डिजाइन के रंग-उड़े घर जिंदगी में न देखे होंगे।"

माँ ने उसकी चिल्ला-चिल्ली से घबराकर जो पहले घर के काम के लिए कहना छोड़ा था, अब उसकी बातों का प्रतिवाद करना भी धीरे-धीरे छोड़ दिया, जिससे शुचि और भी मुँहफट होती जा रही थी। उसका छोटा भाई भी उससे कन्नी काटकर ही निकल लेता था।

इस वक्त यह ग्रेजुएशन के अंतिम वर्ष में थी। दीदियों की शादी मार्च में हुई थी। अब मई का महीना था। परीक्षाओं के बाद कॉलेज में गरमी की छुट्टियाँ भी हो गई थीं। वह गरमी से बेहाल थी। उसके कॉलेज में ए.सी. लगे हुए थे और धीरे-धीरे उसको ए.सी. की आदत लग गई थी। उस साल गरमी में उमस भी ज्यादा थी और बारिश ने भी आने से ज्यों मना कर दिया था। शुचि ने बेहाल होकर सोचा, उसके सारे मित्र ए.सी. कमरों में बंद गरमियाँ गुजार रहे होंगे और कुछ ने

तो हिल स्टेशन को प्रस्थान किया होगा। क्या करे और न करे कि ऐसी गरमी में तो पढ़ाई भी मुश्किल थी, जबकि पढ़ाई की धुन सवार थी, क्योंकि पढ़ाई ही तो वह एकमात्र राह थी, जिसके माध्यम से इस असुविधाजनक वर्तमान से निकलकर एक ढंग का भविष्य पाने की आशा रखी जा सकती थी।

अपनी एक सहेली से बातचीत में उसे फिर हॉस्टल में शिफ्ट हो जाने का परामर्श मिला तो गरमी की छुट्टियाँ समाप्त होते ही उसने कॉलेज के लड़कियों के हॉस्टल में जाकर बात की। सीनियर बैच के कॉलेज छोड़ जाने के बाद सीटें उपलब्ध थीं और उसने रूम के लिए आवेदन दे दिया। रूम अलॉट होने के बाद उसने घर पर सूचना दी और जैसी उसे आशंका थी, पिता ने अनुमति नहीं दी।

पर इस बार वह दबी नहीं, अपनी पढ़ाई में बाधा पड़ने के नाम पर इतना रोना-धोना मचाया कि पिता भी आशंकित हो गए। उनके 'बेटी पढ़ाओ' समर्थक मित्र ने पुनः उन्हें बात मान लेने का परामर्श दिया कि हॉस्टल में रहने पर कॉलेज की लाइब्रेरी में वह अधिक समय बैठ पाएगी। कहीं अच्छा रिजल्ट कर गई तो अच्छी प्लेसमेंट पाकर अपने पैरों पर खड़ी हो जाएगी और फिर उसके लिए वर-संधान में दिक्कत नहीं होगी, क्योंकि आजकल तो शादी के मार्केट में अच्छे लड़के नौकरीशुदा लड़कियों का हाथ ही थामना चाहते हैं। ऊपर से एक तरफ दो-दो लड़कियों की शादी के बाद यों ही परिवार ठन-ठन गोपाल हो रहा था और दूसरी तरफ राजा अच्छे इंजीनियरिंग कॉलेज के लिए क्वालिफाई कर गया था, जिसकी फीस सालाना दो लाख थी, जो उन लोगों के लिए एक बड़ी रकम थी। अब शुचि पर खर्चे की गुंजाइश कहाँ बचती थी ? शुचि के हॉस्टल की फीस कोई ज्यादा नहीं

थी। पिता अपने मित्र की सलाह के आलोक में सारी व्यावहारिक बातें समझ गए और अपने नियमों के बंधन उन्होंने ढीले कर दिए, शुचि को हॉस्टल जाने दिया।

हॉस्टल में शुचि रईस घरों से आई हुई अंग्रेजीपरस्त आधुनिका छात्राओं के बीच बहुत घुल-मिल नहीं पाई। उसने कॉलेज की लाइब्रेरी को अपनी शरणस्थली बना लिया, जहाँ वह देर शाम तक पढ़ती रहती, क्योंकि हॉस्टल में रहने के कारण अब वह सात बजे शाम तक वहाँ बैठ पाती थी। लाइब्रेरी में ही अमन नामक छात्र ने उसके अंतर्मुखी स्वभाव और भोली सी दिखने वाली मुखाकृति को परख लिया, धीरे-धीरे बहाने से उससे परिचय बढ़ाया और सहानुभूतिपूर्ण कोमल लहजे में सवाल पूछ-पूछकर उसकी सारी कहानी, सारी मनःस्थिति समझ ली।

कभी-कभी वह कैंटीन ले जाकर उसे आग्रह कर-करके चाट, समोसे आदि खिलाता, कभी अपनी मम्मी से बनवाकर उसका पसंदीदा खाना ले आता और कहता, "पढ़ते-पढ़ते तुम अपना खयाल रखना भूल जाती हो, मैं तुम्हारा खयाल नहीं रखूँगा तो कौन रखेगा?" शुचि को सहसा किसी की नजरों में इतना महत्त्वपूर्ण हो जाना अच्छा लगा। वह उस पर उत्तरोत्तर अधिक और अधिक निर्भर करती गई और उसके सारे दिनानुदिन के छोटे-मोटे कामों, समस्याओं को सुलझाने में अमन की भूमिका बढ़ती गई।

साल खत्म होते-होते शुचि का प्लेसमेंट एक कंपनी में लगभग दस लाख सालाना के पैकेज पर हो गया तो अमन ने उसे तुरंत वह ऑफर स्वीकार करने की सलाह दी और यह भी जोर डाला कि इससे पहले कि शुचि के पापा विघ्न डालें, वे उन्हें बताए बिना शादी कर लें।

शुचि को पता ही था कि पापा को सारी बातें बताना एक तूफान को न्योता देना ही होता, इसलिए अपनी बहनों के माध्यम से उन्हें खबर भिजवाकर उसने आर्यसमाज मंदिर में विवाह कर लिया। शादी में बहनों के घरवालों ने भी उन्हें सम्मिलित होने की इजाजत नहीं दी, क्योंकि वे शुचि की अबाध्यता एवं बिरादरी के बाहर शादी करने को लेकर अत्यधिक क्षुब्ध थे।

उसके बाद इसी शहर में रहते हुए भी कई लंबे वर्षों तक शुचि परिवार से कटी रही। केवल कमला-अमला उससे फोन पर हालचाल लेने की कभी-कभी कोशिश करतीं, पर वह उखड़ी-उखड़ी सी दो-चार बातें कर फोन रख देती। इस बीच उसका एक शिशु भी दुनिया में आ गया। उसने कमला को खबर तो दी, पर अपने घर आने से उसे मना कर दिया।

दो-तीन वर्ष बाद जब एक बार कमला और अमला एक साथ मायके आई थीं तो बहुत उदास सी उनकी माँ ने उनसे कहा कि उनके पापा के एक मित्र को कहीं से खबर मिली है कि शुचिता के ससुरालवाले उससे अच्छा व्यवहार नहीं करते। माँ ने आग्रह किया कि इस बार किसी तरह वे शुचिता से मिलकर असली बात पता करें। दोनों ने साठ-पैंसठ किलोमीटर दूर अवस्थित उसके कार्यालय जाकर उससे मिलने का फैसला किया। यद्यपि दोनों कार्यालय जाने में हिचकती थीं कि वहाँ व्यक्तिगत बातें कैसे होंगी ? परंतु उसके घर जाने से भी सबने, खुद शुचि ने मना कर रखा था।

जब वे दोनों किसी तरह पूछताछ करते उसके केबिन में पहुँच गईं तो शुचि के चेहरे पर उन्हें देखकर इस बार कोई उद्धत भाव नहीं था। कई वर्षों में पहली बार उसने उनकी उपेक्षा करने की कोशिश नहीं

की। अपने बॉस को सूचित कर उसने दो घंटे की छुट्टी ली और बहनों के साथ मार्केट की ओर निकल गई। दोनों ने शुचि के लिए एक सूट खरीदा। फिर पूछा, खुद कमाने के बाद भी वह इतने साधारण कपड़ों में क्यों है? जबकि आजकल ऑफिसों में लड़कियों का व्यक्तित्व इतना स्मार्ट और अपटूडेट होता है। शुचि बिल्कुल बुझी-बुझी सी लग रही थी। उसकी आँखें भर आईं तो बहनों का दिल दुःखी हो गया।

शुचि हमेशा से घुन्नी थी—अपने दिल की बात दिल में रखने वाली। पर आज यह जानना जरूरी था कि बात क्या थी। उसे ठीक से कुरेदने के लिए किसी एकांत जगह पर बैठना जरूरी था। दोनों उसे लिये प्लाजा के एकांत कोने में बेंच पर ले आईं। वहाँ बैठते हुए कमला ने कहा, "देखो शुचि, तुम हमसे फोन पर ठीक से बातें नहीं करती और माँ के घर जाती नहीं हो। हम भी रोज-रोज माँ के घर नहीं आते। आज मुश्किल से मिलना हुआ है। और माँ तुम्हारी चिंता में रोती रहती हैं, उन्होंने हर हाल में तुम्हारा सही समाचार लाने के लिए कहा है।"

शुचि की अवसादग्रस्त दृष्टि किसी शून्य पर टिकी थी, जब उसने धीरे-धीरे अपने साथ घटित सबकुछ एक के बाद एक वर्णन करना शुरू किया कि कैसे शादीशुदा जिंदगी का सुख उससे हफ्ते भर में छिन गया, जब पति और सभी ससुरालियों द्वारा उस पर कड़वे बोलों के प्रहार शुरू हो गए। सास और ननदें तो दिन भर घर का काम न जानने का ताना देतीं। उसकी ऊँची पढ़ाई का मजाक बनातीं। शादी होते ही अजनबी बन गया पति भी बस पैर-पर-पैर रखे अपने कामों के लिए आदेश जारी करता रहता, खाना सर्व करने से लेकर उसके सभी मोजे और कमीजें धोने तक के लिए। घर के सभी कामों को परफेक्शन से करने का दबाव था और साथ ही उसे नौकरी भी करनी थी, क्योंकि

उसकी आमदनी सबको पसंद थी और उस पर तुरंत ससुरालियों ने हक जमा लिया था।

ऊपर से दिन भर उसके जात-कुल को लेकर व्यंग्य और ताने उस पर कसे जाते। कुछ दिनों तक वह समझी ही नहीं कि वह किन शिकारियों के जाल में फँसी थी। पहले और मेहनत से काम करके दिल जीतना चाहा, जो व्यर्थ रहा; उनके ताने और बोल निरंतर और अपमानजनक होते गए। पर वह तो अपने पीछे सारे पुल तोड़ आई थी। जीवन में असहाय, निराधार, मित्रविहीन महसूस होने पर उसने प्रार्थना और पूजा-पाठ की शरण ली थी। पर उसके कमरे से उसके इष्टदेव की मूर्ति पति ने हटा दी और जोर की डाँट लगाई, क्योंकि यह सब उसकी नजरों में ढकोसला और समय की बरबादी थी।

अमला अचरज, दु:ख और क्रोध से भर गई। तीखे स्वर में बोली, "और जो तुम अपने घर में हर नापसंद चीज के खिलाफ जोर से बोलती थी, यहाँ इतने बड़े अपमान के खिलाफ बोल नहीं पाई?"

"पहले-पहले कोशिश की थी, फिर वह मुझ पर हाथ उठाने लगा। मुझे समझ नहीं आया, कहाँ और किसके पास जाऊँ, क्योंकि तब मेरा बच्चा आने वाला था और मुझे डर लगने लगा कि अगर मैं घर छोड़कर गई तो मेरा बच्चा भी मेरी तरह बिना परिवार के निराश्रय हो जाएगा। मुझे उन चुड़ैलों के पास उसे छोड़ने का दिल नहीं करता, पर वही करना पड़ता है, क्योंकि वे मुझे न नौकरी छोड़ने देते हैं, न छुट्टी पर जाने देते हैं। उन्हें पैसों का नुकसान जो हो जाएगा। वे मेरे कहीं आने-जाने, मेरे फोन सब पर नजर रखते हैं और तुम सबसे मिलने से बिल्कुल मना कर रखा है।"

दोनों स्तब्ध बैठी शुचि का चेहरा देख रही थीं। फिर अमला ने

दृढ़ स्वर में कहा—"तुम्हें वह घर छोड़ना पड़ेगा। वे तुम्हें एक इनसान की जिंदगी जीने नहीं देंगे। उन्होंने तुम्हें पालतू ही नहीं, बोझ ढोने वाला जानवर बना डाला है।"

"यह कैसे हो सकता है ? मेरे बच्चे का क्या होगा ?"

"बच्चे के लिए जीना होता है शुचि, जान दे देने पर बच्चा कैसे जिएगा ? जो तुम्हारे हालात हैं, मुझे नहीं लगता, वे तुम्हें कभी चैन से जीने देंगे। लौट आओ शुचि, माँ तुम्हारा इंतजार कर रही हैं। पापा भी हमारे सामने कुछ कहते नहीं, पर माँ बताती हैं कि वे तुम्हारे लिए बहुत दुःखी हैं।"

शुचिता झुके सिर के साथ चुपचाप बैठी रही, फिर अस्फुट स्वर में बोली, "तुम नहीं जानती वे कितने वायलेंट लोग हैं, अगर हम वहाँ से निकले तो वे जाने क्या करेंगे।"

"जो भी वे करेंगे, हम सब उसका मिलकर प्रतिकार करेंगे।" अमला ने कहा।

गंभीर बैठी कमला ने इतनी देर बाद मुँह खोला और धीरे-धीरे एक-एक शब्द मानो तोलकर कहा, "तुम नहीं जानती थी शुचि, यह सभ्य समाज एक जंगल से विकसित होकर यहाँ तक पहुँचा है, पर अभी भी जंगल का बहुत अंश इसमें बाकी है। यहाँ जो अकेला, असहाय दिखता है, अपने समूह से बिछड़ा, उसकी ताक में भेड़िए और लकड़बग्घे रहते हैं। तुमने खुद ही अपने परिवार से स्वयं को अलग कर लिया था, पर वह आत्मिक मजबूती नहीं दिखा पाई, जो अकेले बचने और विकसित होने के लिए जरूरी होती है। बस एक चतुर शिकारी जानवर तुम्हारे जैसी भोली, अकेली, असहाय की ताक में बैठा हुआ तुम्हें फँसा ले गया और अब तुम उसके झुंड का आहार

हो। अगर तुम्हें सभ्य समाज और परिवार की ताकत की रत्ती भर पहचान भी अब तक हुई हो तो लौट आओ वापस शुचि! हम सभी मिलकर तुम्हें उनसे छुड़ा लेंगे।"

शुचि ने आशा भरी नजरों से उनकी ओर देखा और कहा, "पापा मान जाएँगे क्या?"

"वह तुम हम पर छोड़ो। पापा अपना दुःख कहते नहीं, पर हमने देखा है, तुम्हारे जाते ही जैसे वे कितने बूढ़े हो गए, झुक गए। अब हममें से किसी को वे कुछ रोकते-टोकते नहीं। उनको यह अंदेशा है, शायद उन्होंने किसी से कुछ सुना है और उन्होंने ही माँ को बताया है कि तुम वहाँ सुरक्षित नहीं। इसलिए माँ ने हमसे तुमसे मिलने का बार-बार आग्रह किया। हमारा परिवार कितना भी सामान्य-साधारण हो शुचि, परस्पर प्रेम और मूल्यों के अवगुंठन से बना शरणस्थली है हमारे लिए। उसकी उपेक्षा कर खुद को जंगल के खतरे में न डालो। चुपके से अपने बच्चे को अपने जरूरी सामान भर के साथ लेकर, मौका देखकर निकल आओ।"

शुचि के मन के ताप को मानो प्रेम की एक शीतल सी छाया व्याप गई। बहुत दिनों बाद जी ठंडा हुआ और वह बहनों से लिपट गई। फिर वे सिर जोड़कर आगे की योजना बनाने में लग गईं। वहाँ से गुजरते लोगों ने बस यही देखा मानो तीन सहेलियाँ बहुत दिनों बाद मिली हों। किसे पता था कि किसी ने वह सही निर्णय लेने का मन बना लिया था, जिससे परिवार का प्रेम जीतने वाला था और जंगल के अहेरी की चालें मात खाने वाली थीं। अब प्रेम और सुबुद्धि के घेरे में वह सुरक्षित थी।

□

5

छुट्टी के दिन

प्रायः रोज रात दस बजे के आसपास अवनि व्हाट्सएप के परिवार ग्रुप पर फोन लगाती थी, ताकि कनाडा में रहने वाला उसका बड़ा भाई सौरभ भी यदि फुरसत में हो तो कॉल से जुड़ सके। परंतु उस बुधवार की रात अवनि के हक में यह अच्छा ही हुआ था कि सौरभ ने ग्रुप कॉल नहीं उठाया। अवनि की अपने माता-पिता से बहस हो गई थी और सौरभ ने यदि यह बहस सुन ली होती तो माता-पिता का पक्ष कैसे समझें, इस विषय पर उसने एक लंबा सारगर्भित उपदेश दिया होता, जो वह उस बहस से इतनी खीझे होने के बाद कतई ग्रहण करने की इच्छुक न होती।

अवनि ने तो अपनी समझ से खुशखबरी सुनाई थी, "मम्मी-पापा! मैं पाँच दिनों की छुट्टी पर आ रही हूँ। दो वीकेंड, दो पब्लिक हॉलिडे और एक सी एल। कितना मजा आएगा। पूरे पाँच दिन मुझे क्या-क्या बनाकर खिलाओगी मम्मी? कम-से-कम तीन दिन ब्रेकफास्ट में आलू पराठा तो फिक्स है; बाकी दिनों का मेनू आओ तय करते हैं।"

मम्मी-पापा अलग-अलग रूम से वीडियो कॉल से जुड़े थे।

अचानक वीडियो में पापा की मुखमुद्रा गंभीर हो गई दिखी। हालाँकि कायदे से तो अकेले-दुकेले जीवन जी रहे दंपती को बच्चों के आगमन के समाचार पर प्रसन्नता से उछल पड़ना चाहिए, पर पापा ने अचानक तुनककर कहना शुरू किया—"इसे कह दो कि अगर यहाँ आकर दस-ग्यारह बजे दिन चढ़े तक सोना हो और उसके बाद मोबाइल और लैपटॉप पर दिन बिताना हो और फिर आधी रात तक फोन पर दोस्तों के साथ गप्पें मारना, ठहाके लगाना हो तो फिर वो घर न ही आए तो अच्छा है। यदि घर आना है तो यहाँ माता-पिता को वक्त दे, घर के मामलों पर चर्चा करे, सलाह मशवरा दे। यह क्या बात हुई कि तन तो यहाँ है और मन किसी वर्चुअल संसार में विचरण कर रहा है।"

"यह क्या बात हुई पापा?" अवनि ने रुष्ट होकर कहा—"क्या मैं अपनी छुट्टियाँ भी अपनी मर्जी से नहीं गुजार सकती? पहले तो बरसों तक स्कूल और बी.टेक. की पढ़ाई में खून सुखाया मैंने, उसके बाद दो साल से इतनी कठिन जॉब में दिन-रात बेस्ट परफॉरमेंस देने के चक्कर में घनचक्कर बन गई हूँ। छुट्टियों में भी आराम न करूँ?"

"अरे छुट्टियाँ होती हैं सृजनात्मक कामों के लिए और घर के छूटे काम निपटाने, अपने स्वास्थ्य का खयाल करने, परिवार-रिश्तेदारों से मिलने-जुलने के लिए। तुम्हारी बुआ शादी से पहले रसोई के सारे काम सीखकर मेरी माँ की मदद करती थी, एक-से-एक पकवान बनाती थी। पूरे घर के स्वेटर बुन डालती थी। यहाँ तक कि सितार का रियाज भी करती थी सवेरे पाँच बजे उठकर।"

"पापा, बुआ के पास पढ़ाई-लिखाई संबंधी उपलब्धियाँ मुझसे बहुत कम थीं और फुरसत मुझसे बहुत ज्यादा।"

बुआ की शान में यह गुस्ताखी पापा की चिड़चिड़ाहट में वृद्धि

करती, उससे पहले मम्मी ने बीच-बचाव की चेष्टा की, "अरे, तुम्हारे पापा की बात भी सही है और तुम्हारी भी। आप अवनि के घर आने पर पाबंदी नहीं लगा सकते। छुट्टियों में घर न आएगी तो कहाँ जाएगी?"

अवनि बंसल के पापा श्री प्रेम कुमार बंसल उसी के तो पापा थे, गरम लहजे में बोले, "पिछली बार यह दस दिनों के लिए घर आई थी तो या तो सोई रहती थी या लैपटॉप से उलझी रहती थी। यह देखकर मुझे जो तनाव होता था, उससे बचने के लिए मैं निर्धारित समय से भी ज्यादा वक्त तक ऑफिस में रहता था। यदि माँ-पिता से बातें करने का इसके पास वक्त न हो तो यहाँ आने की जरूरत नहीं।" अवनि का मूड ऑफ हो चुका था, दो-चार बातें कर उसने फोन रख दिया।

यह वार्त्तालाप बृहस्पतिवार की रात में हुआ। शुक्रवार को अवनि का फोन नहीं आया। उसकी माँ श्रीमती शीला बंसल भी शुक्रवार को पड़ोसियों के यहाँ एक विवाह समारोह में सम्मिलित होने के कारण फोन करना भूल गईं। पर शनिवार की सुबह उन्हें उम्मीद थी कि दस बजे तक नवी मुंबई से अवनि कैब द्वारा पुणे में उनके घर आ ही जाएगी। उन्होंने सुबह से उसे फोन लगाना शुरू किया, पहले तो उसने फोन उठाया नहीं, फिर साढ़े दस के लगभग उसका फोन स्विच ऑफ बताने लगा। थोड़ी देर शीला ने सोचा कि अवनि शायद फोन चार्ज करना भूल गई है। एक बजे के आसपास परेशान होकर शीला बंसल ने अवनि की रूममेट को फोन लगाया तो उसने भी कॉल नहीं उठाया। थोड़ी देर बाद परेशान हाल शीला ने बंसलजी को फोन लगाकर रुआँसी आवाज में कहा, "आप तो ऑफिस जाकर बैठे हैं, यहाँ अवनि का फोन नहीं लग रहा, पता नहीं कहाँ चली गई! क्या जरूरत थी आपको उसे घर आने से मना करने की?"

बंसलजी भी घबराकर अवनि के पीजी की लैंडलेडी को फोन लगाने लगे। लेकिन पता चला कि वह तो अपने किसी बीमार परिजन की देखभाल के लिए कल से मुंबई से बाहर गई हुई है।

बंसलजी ने मन-ही-मन ईश्वर से प्रार्थना की—'हे भगवान्, बस ऐसा कर दो, अवनि को ठीक-ठाक देख पाऊँ। मैं फिर कभी उसे ऐसे कड़वे वचन नहीं बोलूँगा।'

वे घर पहुँचे तो शीला होश-हवास खोने की स्थिति में थीं; बोलीं, "चलो हम अभी मुंबई जाकर देखेंगे, वहाँ क्या बात हुई है? अभी चलो।" बंसलजी ने कहा, उससे पहले पुलिस को सूचना देनी चाहिए। दोनों किंकर्तव्यविमूढ़ से घर के बरामदे में खड़े एक-दूसरे को देख रहे थे, तभी गेट के बाहर एक कैब आकर रुकी। कैब से अवनि अपना शोल्डर बैग लिये उतरी और अपना सूटकेस भी खींचकर बाहर निकालकर रखा। माँ-पिता की जान-में-जान आई, दौड़कर उसे गले लगाया।

अंदर आकर अवनि सोफे पर लंबलेट होकर बोली—"सोच रही थी, आप लोग चिंता से पागल हो रहे होंगे, यहाँ आकर वही देख रही हूँ।" बंसलजी फिर गरम होकर बोलने जा रहे थे कि दिन भर मोबाइल से जो चिपका रहे, वह क्या घर एक फोन नहीं कर सकता था, लेकिन अपनी शपथ याद कर उन्होंने अपने शब्द वापस गले में डाल लिये।

अवनि शायद उनके मन के भाव को समझ गई। बोली, "पापा, मोबाइल नहीं है मेरे पास। बहुत दुःखदायक घटना हुई उसके साथ। आज सुबह यह सोचकर कि आपने घर आने से मना कर दिया है, मैं अपनी दोस्त निशा के साथ ही बीच घूमने चली गई थी। वहाँ समुद्र की लहरों में तैरने का दिल हुआ। लहरों में डाइव मारने के बाद मैंने सोचा,

निशा को मेरी फोटो लेने के लिए अपना फोन दे दूँ तो पता चला, फोन तो मेरे शॉर्ट्र्स की जेब में है। मैं तो शॉक्ड रह गई। तुरंत पानी से बाहर निकलकर फोन को वहाँ बिछे हुए तौलिए से पोंछना चाहा तो उसमें बालू और घुस गया। बस समुद्र के नमकीन पानी और बालू से फोन का सर्वनाश हो गया। ऊपर से अति आत्मविश्वास के कारण फोन का इंश्योरेंस भी नहीं लिया था, क्योंकि मैं तो कभी न फोन गिराती थी, न इधर-उधर रखती थी।"

उसके दुःख से माँ द्रवित लग रही थीं, पर पापा की आँखों में चमक थी; मन-ही-मन उन्होंने सोचा—'अच्छा हुआ। मोबाइल का झंझट ही गया।'

उसके बाद अवनि कह रही थी, "घर जाकर मोबाइल को ड्रायर से सुखाया, फिर मोबाइल सर्विस सेंटर गई, पर टेक्नीशियन ने कहा, अब यह ठीक नहीं होगा।"

माँ उसके लिए सुबह से रखा, उसी के लिए बना स्पेशल नाश्ता गरम कर लाईं और उसे प्लेटों में लगाते हुए पूछा, "इस सारे समय तुम्हारी रूममेट ने हमारा फोन क्यों नहीं उठाया ?"

अवनि ने इडली में नारियल की चटनी लगाकर खाते हुए कहा, "वह तो रात भर किसी पार्टी में थी और सुबह पाँच बजे से अपना मोबाइल कहीं लॉक करके घोड़े बेचकर सो रही थी। वीकेंड जो है। सब लड़कियाँ क्या तुम्हारी बेटी की तरह सीधी-सादी होती हैं माँ? तुमने मोती दान किए होंगे जो मेरे जैसी बेटी मिली।" अवनि शरारत से दोनों को देखकर हँसी, फिर गंभीर होकर बोली, "इस घटना के बाद मैंने बैठकर थोड़ा सीरियस सोच-विचार किया। मुझे याद आया कि बचपन में अगर मैं कभी पापा की बात नहीं मानती थी तो अकसर

किसी मुसीबत में फँस जाती थी। फिर मुझे लगा कि आज भी पापा की बात नहीं मानने से ऐसा हो गया। पापा को मेरा मोबाइल चलाना पसंद नहीं था, मोबाइल खुद ही चला गया। फिर मैंने प्रतिज्ञा की कि अब मैं सीधे घर जाऊँगी और जैसे पापा चाहते हैं, उसी तरह से छुट्टी बिताऊँगी। आज तो बहुत थक गई, पर कल खूब सुबह उठूँगी और फिर मेरे करिश्मे देखना।"

अगली सुबह सच ही में छह बजे उठकर वह माँ को उठा रही थी—"चलो माँ, योग करते हैं, फिर पार्क जाएँगे। पापा, आप भी आइए।" दोनों को बिस्तर छोड़ना पड़ा। व्यायाम सेशन के बाद अवनि किचन में घुस गई। पापा का पसंदीदा पोहा खूब मन से तैयार किया। डाइनिंग टेबल पर बैठे बेटी की सुघड़ता देख खुश हो रहे पापा ने पोहे की प्लेट सामने आने पर एक चम्मच पोहा चखते ही प्रशंसा के पुल बाँध दिए। अवनि ने धन्यवाद देकर कहा कि दिन में वे सभी साथ-साथ पापा के प्रिय बुक स्टोर और लाइब्रेरी चलेंगे। मम्मी के साथ मिलकर उसने अगले दिनों का हेल्दी डाइट वाला मेनू तैयार किया। फिर लंच बनाने में जुट गई। लंच के बाद बुक स्टोर, लाइब्रेरी, पास के मॉल में शॉपिंग और वहीं के रेस्टारेंट में डिनर। पापा तो इतने गद्‌गद हो गए कि अगले दिन ऑफिस से छुट्टी कर ली। उसके अगले दो दिन पब्लिक हॉलिडे थे। तीनों ने साथ-साथ छुट्टियों का पूरा आनंद उठाया। खाना पकाया, घर सजाया, शॉपिंग की, म्यूजिक कंसर्ट में गए, एक फिल्म भी देख डाली।

जाने से पहले वाले दिन लंच के लिए टेबल पर बैठे पापा ने बेटी को चमकती निगाहों से देखा और कहा, "इस बार तो वास्तव में कमाल हो गया। पुराने दिन याद आ गए। घर के कामों में तो इसने

अपनी बुआजी को फेल कर दिया। घर के सारे परदे बदल डाले, फर्नीचर का अरेंजमेंट बदल डाला, इतनी सारी नई डिशेज बनाईं। तुम्हें नहीं लगता बेटे, इस बार छुट्टी इतनी उपयोगी और आनंददायक रही जितनी तुम्हारे स्कूली जीवन के बाद कभी नहीं हुई थी?"

"आपको भी इसका क्रेडिट जाता है, क्योंकि आपने एक बार भी मुझे न डाँटा और न ही सुघड़-शिरोमणि बुआ और अनुशासित रूटीन वाले सौरभ भैया से मेरी तुलना की।"

पापा झेंपते हुए बोले, "तुम्हारी तरह मैंने भी कठोर न बोलने, छिद्रान्वेषण न करने की प्रतिज्ञा ली थी उस दिन।"

मम्मी ने चैन की साँस लेकर कहा, "चलो, अच्छा हुआ। इससे माहौल कभी खराब नहीं हुआ और अवनि ने कुकिंग, गृहसज्जा जैसी उन लाइफ स्किल्स का अभ्यास किया, जिसको लोग आजकल पढ़ाई और ऑफिस के काम से कमतर समझकर उनकी अनदेखी करते हैं।"

"हाँ मम्मी," गर्व से अवनि ने कहा, "अपने काम सृजनात्मकता और रचनात्मकता के साथ खुद कर सकना, जीवन जीने के लिए अलग ही आत्मविश्वास देता है। अब पीजी में मेरी मेड पर निर्भरता घट जाएगी। ऊपर से इस बार पापा और तुम्हारे साथ वक्त बिताकर इतना मजा आया जैसे पिछली छुट्टियों में कभी आया ही नहीं।"

"वाह, मेरी बेटी इतनी होशियार है! इसी बात पर चलो तुम्हारा इनाम पक्का! आज शाम चलकर तुम्हारा पसंदीदा स्मार्टफोन खरीदेंगे।" पापा ने घोषणा की।

अवनि ने थोड़ा झेंपते हुए कहा, "पापा, मैं एक राज खोलना चाहती हूँ और वह ये कि उस दिन नवी मुंबई से घर आते हुए मैंने पुणे के एक स्टोर से नया मोबाइल सेट ले लिया था और रात में

उसे एक्टिवेट कर लिया था।" माँ और पापा दोनों के मुँह खुले-के-खुले रह गए। अवनि ने रक्षात्मक मुद्रा में हाथ उठाकर कहा, "ओह, क्रोधित मत होना। मेरा काम ही ऐसा है कि बिना स्मार्टफोन के अब चल ही नहीं सकता। लेकिन विश्वास करें, सिर्फ जरूरी कामों के लिए फोन इस्तेमाल किया।" कहकर उसने अपने कमरे से फोन लाकर पापा के हाथ पर रख दिया।

पापा ने अब सहज होकर कहा, "मैं समझ सकता हूँ। फिर तो फोन पास में रखकर भी उसका अनावश्यक इस्तेमाल न करके तुमने जो गजब की इच्छाशक्ति दिखाई है, उसी का इनाम तुम्हें मिलेगा।"

"इनाम तो मुझे मिल चुका पापा! हम सबने साथ-साथ इतने सुंदर छुट्टी के दिन गुजारे। इससे बढ़कर क्या इनाम हो सकता है?" यह कहकर अवनि ने अपने फोन से भैया को वीडियो कॉल लगाया। सारी बातें बताकर भैया को भी हँसा दिया। माँ-पापा-भैया-खुद वह सभी के हँसते चेहरों का एक साथ वीडियो कॉल पर स्क्रीन शॉट लिया और छुट्टी के दिनों की खूबसूरत स्मृतियों की गैलरी में उसे सुरक्षित कर लिया।

□

6

शकुंतला टीचर का एक दिन

सुबह-सुबह साढ़े सात का समय। क्लास पाँच 'बी' में दिन की पहली कक्षा।

"मैम, मैं वॉशरूम जाऊँ?" दस वर्षीया श्रुति ने क्लास में होमवर्क की कॉपी चेक करती शकुंतला टीचर की टेबल के पास आकर पूछा। दो बच्चे और भी पहले से ही टेबल के सामने खड़े होकर जाने किस बात को लेकर टीचर का ध्यान आकर्षित करने की कोशिश कर रहे थे। टीचर का ध्यान कॉपियाँ निपटाने पर था। उसके बाद उनको साप्ताहिक परीक्षा की उत्तर पुस्तिकाएँ भी जाँचनी थीं। उन्हें पुरानी इंचार्ज स्वाति सक्सेना के मातृत्व अवकाश पर जाने के बाद प्राइमरी सेक्शन का एक्टिविटी इंचार्ज भी बना दिया गया था। इसलिए दो महीने बाद नवंबर में होने वाले वार्षिकोत्सव के लिए प्राइमरी कक्षाओं की तैयारी का बोझ भी उनके सिर आ पड़ा था। वे अति व्यस्त और तनावग्रस्त थीं। अपने घरेलू झमेले उनके अलग थे कि ढाई बजे घर पहुँचते ही उन्हें सबकी फरमाइशें पूरी करने में लग जाना होता था। शाम को स्कूल के कुछ बच्चों की ट्यूशन क्लास भी चलाती थीं।

उनका बेटा सचिन तो खैर इसी कक्षा पाँच 'बी' में था, इसलिए उसका खयाल भी रख पाती थीं और उस पर नजर भी। बेटी शचि भी इसी स्कूल की ग्यारहवीं कक्षा में थी। उसकी बोर्ड परीक्षाएँ एक साल बाद थीं और उसकी पढ़ाई का विषय उनके मस्तिष्क में चल रहे विचारों में सर्वोपरि रहता था। प्रायः यह सारा तनाव उनके दिमाग को विस्फोटक बिंदु पर पहुँचा देता था, जिसके परे जाने पर ब्लास्ट होने की संभावना रहती थी।

अभी इन तीनों बच्चों ने उनकी टेबल को घेरकर उनके दिमाग को उसी विस्फोटक बिंदु पर ला दिया था। वे बोलीं, "क्लास में अनुशासन से बैठना तुम्हें नहीं आता? दो पल मुझे काम करने दोगे या नहीं?" वे दोनों बच्चे, जो पहले से खड़े थे, आवाज की तुर्शी से डरकर तीसरी बेंच पर अपने स्थान की ओर रवाना हो गए। पर श्रुति की समस्या ज्यादा अर्जेंट थी, "मैम-मैम, मुझे वॉशरूम जाना है।"

"नहीं जाना है अभी!" शकुंतला गुप्ता ने डपटकर कहा, "जाओ, अपनी सीट पर जाकर बैठो।" श्रुति डरकर वापस सीट पर चली गई। बगल में बैठी कृतिका ने उससे कहा, "पीछे वाले दरवाजे से निकलकर चली जा। एक दिन शिखा मैम की क्लास में मैं यहीं से चली गई थी। उन्हें पता भी नहीं चला और मैं वॉशरूम से आकर चुपके से बैठ भी गई, जब मैम का ध्यान कहीं और था।"

"पर इन मैम का ध्यान तो सब तरफ रहता है। देखो, फिर इधर देख रही हैं।" श्रुति ने बेचारगी से कहा। सच में मैम की गुस्से वाली नजर उनकी फुसफुसाहट के चलते उन पर आकर टिक गई थी। वह एक नजर ही उन दोनों को शांत कर देने के लिए काफी थी। मैम को फिर कुछ कहना ही नहीं पड़ा, वापस कॉपी चेक करने में लग गईं।

श्रुति ने थोड़ी देर इधर-उधर ध्यान भटकाने की कोशिश की। वह कृतिका की वाटर बॉटल पर बने भूल-भुलैया पजल को सॉल्व करने लगी। ध्यान भटकाने की ट्रिक प्राय: कामयाब हो जाती थी, पर आज नहीं हो रही थी। बेचैन होकर वह फिर टीचर के पास पहुँची। हाथों को आपस में मसलते हुए करुण स्वर में बोली, "मैम, प्लीज!" मैम को उसका दुबारा आना अपनी तौहीन लगी और यह उनसे बरदाश्त नहीं हुआ। अपनी फाउंडेशन से पुती नासिका फुलाकर उन्होंने कहा, "तुम सभी एक साथ ही वॉशरूम नहीं जा सकते। अभी अमन वॉशरूम गया था और अभी तक लौटा नहीं है। सारे बच्चे एक साथ कॉरीडोर में घूमने नहीं निकल सकते। वह लौटकर आएगा, तब तुम जाओगी। जाओ अभी अपनी सीट पर।"

श्रुति रुआँसी होकर सीट पर लौट गई। उसके करीब बैठी दो शैतान लड़कियाँ मुँह दबाकर हँस रही थीं और एक-दूसरे को टहोके मार रही थीं। परेशानी और अपमान के दुहरे प्रहार झेलती वह सिकुड़-सी गई। थोड़ी देर बैठी रही और फिर बेचैन होकर पेट अपने हाथों से दबा लिया। कुछ देर तक पोजीशन बदलकर बैठी, पर नहीं रहा गया तो फिर खड़ी हो गई, जिससे मिसेज शकुंतला गुप्ता का ध्यान फिर उस पर चला गया। इस बार वे गरज उठीं, "शांति से बैठो तुम एक जगह, डिसओबिडिएंट गर्ल!"

श्रुति डरकर बैठ गई। पर दो मिनट बाद ही उसके पास बैठी वे दोनों शैतान लड़कियाँ चिल्ला उठीं, "मैम, श्रुति ने अपनी स्कर्ट गंदी कर दी है, मैम! इसको यहाँ से हटा दीजिए।"

मिसेज गुप्ता चिढ़कर खड़ी हो गईं, "क्या मुसीबत है, ये शैतान कभी कोई काम मेरे शिड्यूल पर पूरा नहीं होने देंगे।" सामने वाले बच्चे

को भेजकर उन्होंने हेल्पर दीदी को बुलवाया। श्रुति चौतरफा अपमान के प्रहार और असहायता के अनुभव के बीच सिर झुकाए बैठी थी और शर्मिंदगी के आँसू उसके गालों पर लुढ़क रहे थे। उसकी मित्र कृतिका भी उससे दूर खिसककर बैठ गई थी। श्रुति ने सोचा—'अब कृतिका मेरी दोस्त नहीं रहेगी। अब कोई मुझसे दोस्ती नहीं करेगा।'

हेल्पर दीदी एक तौलिया श्रुति के गिर्द लपेटकर कपड़े बदलवाने कक्षा के बाहर ले गई। अब मिसेज गुप्ता ने अपने काम पर वापस ध्यान दिया। क्लास को विज्ञान की पुस्तक के आजकल पढ़ाए जा रहे पाठ का चुपचाप वाचन करने का कार्य देकर वे विज्ञान विषय के अर्द्धवार्षिक टेस्ट की कॉपियों को जाँचकर एक के ऊपर एक रखने लगीं।

लगभग नौ बजे उन्होंने गिलास का पानी उठाकर पीया और देखा, अब बस एक कॉपी बाकी थी। और वह क्लास के नए, पर सबसे होशियार छात्र की कॉपी थी। इसकी जाँच तो अच्छी तरह से करनी थी। आद्योपांत उन्होंने कॉपी का सावधानीपूर्वक निरीक्षण किया। कहीं भी नंबर काटने की गुंजाइश नहीं थी। आखिर में पाचन-तंत्र का एक रेखाचित्र था, जो कॉपी के अंत में धागे से बँधा हुआ था। बहुत सुंदर और सटीक रेखाचित्र, जिसके पूरे दस-में-दस अंक तो छात्र को मिलने ही थे। उस कॉपी पर अंक बिठाकर उन्होंने कॉपियों के स्टैक पर रख दिया।

साढ़े नौ बजने वाले थे। अब श्रुति वाली समस्या पर भी निर्णय ले लेना था, कहीं बात प्रिंसिपल तक किसी और रूप में न पहुँच जाए। उन्होंने श्रुति की मम्मी को फोन लगाया। पता चला, वे किसी काम से घर से बाहर थीं। मिसेज गुप्ता ने उन्हें सभी काम छोड़कर तुरंत स्कूल

पहुँचने का आदेश दिया। यह भी बताया कि बच्चे से बढ़कर और कोई जरूरी काम नहीं होता और उन्हें श्रुति के व्यवहार के विषय में डिस्कस करना है। वे ग्यारह बजे आकर स्टाफ रूम में उनसे मिलें।

घड़ी की सुइयाँ ग्यारह पर पहुँचीं और श्रुति की मम्मी हैरान-परेशान-हलकान होते हुए अपने जरूरी काम का मोह त्यागकर बिल्कुल टाइम पर स्कूल पहुँचीं। गेट और रिसेप्शन की जाँच-परख झेलते हुए स्टाफ रूम पहुँचीं तो मिसेज गुप्ता की तनी हुई मुखमुद्रा देखकर भयभीत हो गईं। मिसेज गुप्ता ने कहा, "देखिए मैडम, आपकी बेटी का व्यवहार दिन-पर-दिन चिंताजनक होता जा रहा है। कल वह रंग-उड़े मोजे पहनकर आई थी। आज उसने क्लास में अपनी पैंट गंदी कर दी। उसका पेट खराब हुआ कैसे? आप उसकी डाइट का खयाल नहीं रखतीं, उसके कपड़ों का खयाल नहीं रखतीं; ऐसा कब तक चलेगा? क्या आपको अपनी बच्ची की परवाह ही नहीं है? मेरी क्लास में चालीस और बच्चे हैं, क्या मैं आपके बच्चे को ही स्पेशल अटेंशन देती रहूँ? उसके ग्रेड अगर खराब हुए तो उसकी जिम्मेदारी आपकी लापरवाही पर ही होगी।" श्रुति की माँ सिर झुकाकर सुनती रहीं और 'आइंदा ऐसा नहीं होगा' का आश्वासन कई बार देने पर उनकी जान छूटी और वह अपने इष्टदेव का नाम जपते हुए वापस चली गईं।

जाते हुए स्कूल स्टोर से उसने कई सारे नए मोजों के जोड़े ले लिये, ताकि श्रुति को रंग-उड़े मोजे फिर न पहनने पड़ें। पता नहीं कैसे मोजे थे कि तीन-चार धुलाइयों के बाद ही मोजे का झक सफेद रंग पीलापन लिये निस्तेज सफेद में बदल जाता था। कोई नील या व्हाइटनर उस पीलियाग्रस्त मोजे का उद्धार कर उसे खिलता सफेद रंग नहीं दे सकता था। पर यह कम्प्लेन करने की उसकी हिम्मत नहीं थी,

क्योंकि ज्यादा शिकायत लगाने वाली माँएँ यहाँ शिकायती माँ की श्रेणी में रखकर बदनाम कर दी जाती थीं। जिससे श्रुति के ग्रेड्स पर फर्क पड़ सकता था। इससे अच्छा था कि पर्स खाली कर कई नए मोजे हरदम खरीदते रहा जाए, ताकि स्कूल स्टोर धाँसू प्रॉफिट में चले और श्रुति के मोजे भी चमकते रहें तथा श्रुति की माँ भी बदनामी से बचें।

ग्यारह बजकर बीस मिनट की क्लास शुरू हो गई थी। यह मिसेज गुप्ता का फ्री पीरियड था। उन्हें इस पीरियड में अपनी कक्षा पाँच 'बी' का मॉनिटर तय करके प्रिंसिपल को सूचना देनी थी। प्राइमरी सेक्शन के सभी मॉनिटरों के नाम सितंबर माह में अगले छह महीनों के लिए तय किए जाते थे। सितंबर की शुरुआत में हुई अर्द्धवार्षिक परीक्षा के अंक तथा विद्यार्थियों के व्यवहार, नेतृत्व क्षमता, आत्मविश्वास आदि के आधार पर इसका निर्णय होता था।

आज ही तैयार हुए अर्द्धवार्षिक परीक्षा के फाइनल अंकों का चार्ट, जिसे उन्होंने आज क्लास में कॉपियों की अंतिम लॉट की जाँच के बाद कुशलतापूर्वक तैयार कर लिया था, उन्होंने प्रिंसिपल मैम के कक्ष में जाकर प्रस्तुत किया। प्रिंसिपल मैम ने चश्मे के भीतर से उन पर प्रशंसात्मक दृष्टि डाली और कहा, "हमेशा की तरह बहुत कुशलतापूर्वक और समय पर कार्य पूरा किया आपने। मॉनिटर का चुनाव भी किया होगा?"

"यस मैम! मेरी कक्षा से सचिन के ही सबसे ज्यादा पॉइंटस बनते हैं। और निश्चिंत रहें, मेरा बेटा होने के कारण कोई पक्षपात कर रही होऊँ, ऐसा नहीं है।"

"मिसेज गुप्ता, सचिन निश्चय ही बहुत कुशाग्र बुद्धि, बहुत ही काबिल और बोल्ड बच्चा है। आपने उसके व्यक्तित्व-विकास पर

मेहनत की है। खुद भी टीचर होने के नाते मैं जानती हूँ कि शिक्षक समुदाय के लोग ही अपने बच्चों की सबसे अच्छी परवरिश करते हैं। बच्चों के अच्छे लालन-पालन, शिक्षा-दीक्षा के महत्त्व के विषय में एक टीचर से बढ़कर किसको पता होगा? परंतु फिर भी मैं कहूँगी, एक बार पुनः सभी आधार जाँच लें, क्योंकि आपका बेटा पिछले टर्म और पिछली क्लास में भी मॉनिटर रहा था। जरा सी चूक पर आपकी निष्पक्षता पर किसी बच्चे के अभिभावक प्रश्नचिह्न लगा देंगे।"

"मैम! ये चार्ट आपके सामने है। सचिन से बराबरी पर अंक बस श्रुति के हैं, पर श्रुति में नेतृत्व क्षमता का बिल्कुल ही अभाव है, जिसका कारण श्रुति की माँ हो सकती हैं, जो उसका बिल्कुल खयाल नहीं रखतीं। वह बदरंग कपड़ों में स्कूल आ जाती है। बहुत दब्बू-सी है, जो अपनी बात ठीक से रखना नहीं जानती। और आज तो उसने क्लास में कपड़े गंदे कर लिये। दस साल की उम्र में भी इतना सा आत्म-नियंत्रण नहीं उसमें और इस सबका साक्ष्य तो खुद उसकी माँ देंगी, क्योंकि अकसर मुझे उसकी माँ को बुलाकर काउंसिलिंग करनी पड़ती है। दूसरा बच्चा अशेष नया है। इसी साल एडमिशन लिया है उसने और पढ़ने में बहुत होशियार है। अन्य पैरामीटर्स पर भी ठीक है, पर सचिन से उसके दो अंक कम आए हैं।"

"तब फिर ठीक है, बना लीजिए सचिन को ही मॉनिटर। बधाई, आप एक कुशल टीचर ही नहीं, कुशल माँ भी हैं।" प्रिंसिपल ने अर्थपूर्ण मुसकान के साथ कहा। उन्हें इस विषय में अधिक सिर खपाने की आवश्यकता नहीं थी। सामने स्कूल का वार्षिक उत्सव था। उन्हें अभी मिसेज शकुंतला गुप्ता से बहुत मेहनत करवानी थी। उनका मनोबल अभी ऊँचा रखना था। अभिभावकों का क्या है, वे कभी

पूर्णतः संतुष्ट हुए भी हैं?

पौने बारह बज गए थे, मिसेज गुप्ता ने दीवार घड़ी में देखा था। अगली कक्षा शुरू होने से पहले उन्हें अशेष से भी बात कर लेनी थी, ताकि अगली पैरेंट-टीचर मीटिंग, जो इसी हफ्ते के शुक्रवार को थी—से पहले अशेष मानसिक रूप से तैयार रहे और उसके माता-पिता कोई शिकायत न कर सकें।

उन्होंने प्यून को भेजकर अशेष को एक निजी कक्ष में बुलवाया, जो वाइस प्रिंसिपल का था, पर फिलहाल किसी वाइस प्रिंसिपल की पोस्टिंग न होने से खाली था। उन्हें कुछ गोपनीय बात करनी थी, एकांत आवश्यक था।

अशेष रूम में आया और अभिवादन कर सावधान खड़ा हो गया। "आओ बैठो अशेष, मैंने तुम्हारे मार्क्स देखे। सोचा, तुम स्कूल में नए छात्र हो, अर्द्धवार्षिक परीक्षा के अच्छे परिणाम की बधाई दे दूँ।" अशेष खिल उठा और 'थैंक्यू मैम' कहने लगा। पर मैम ने कहा, "लेकिन तुम्हारी विज्ञान की उत्तर-पुस्तिका देखकर मुझे यह समझ नहीं आया कि एक साधारण सा पाचन-तंत्र का रेखाचित्र तुम क्यों नहीं बना सके? यदि वह बनाया होता तो विज्ञान में तुम्हारे फुल मार्क्स आए होते। और रेखाचित्र के दस नंबर न कटने पर तुम क्लास के ओवर ऑल टॉपर भी होते।"

अशेष का भोला सा दमकता चेहरा कुम्हला गया। वह बोला, "मैम, मैंने तो वह रेखाचित्र बनाया था।"

"तो लो, तुम अपनी यह कॉपी खुद देखो। वह रेखाचित्र तो इसमें कहीं नहीं है।"

"मैम, वह तो कॉपी के अंत में धागे से बँधा हुआ था।"

"तब तुमने उसे ठीक से बाँधा नहीं होगा। कहीं गिर गया होगा। आई फील सो सॉरी फॉर यू अशेष! यदि तुम टॉपर हो जाते तो तुम्हें मॉनिटरशिप भी मिल सकती थी।"

अशेष ने सिर झुका लिया। उसका नन्हा हृदय धक् से रह गया था। सोच रहा था, पता नहीं कैसे गलती से उसने रेखाचित्र वाला पेपर ठीक से अटैच नहीं किया। इसीलिए तो मम्मी उसे लापरवाह होने से कितना मना करती हैं पर फिर भी लापरवाही हो गई।

मिसेज गुप्ता ने अशेष का उदास चेहरा देखकर सहानुभूतिपूर्वक कहा, "कोई बात नहीं। तुम पढ़ाई, आर्ट, खेलकूद, नेतृत्व क्षमता सबमें अच्छे हो। तुम जरूर हमारे स्कूल का नाम रोशन करोगे। अगली बार पुन: अच्छे से प्रयास करना।" उन्होंने पीठ थपथपाकर अशेष को वापस भेज दिया।

बारह बजकर दस मिनट पर अपनी अगली और दिन की अंतिम कक्षा की ओर जाते हुए मिसेज शकुंतला गुप्ता के कदमों में उत्साह की धमक थी और दिल बल्लियों उछल रहा था। अपने प्यारे बेटे को कक्षा में टॉप भी करा दिया और क्लास का मॉनिटर भी बना दिया। कितना सार्थक दिन रहा आज का!

अंतत: अपने बेटे को सफलता की राह पर आत्मविश्वास से भरा हुआ मजबूत व्यक्तित्व देकर आगे बढ़ाना उनका ही तो कार्य था। और भोर से लेकर रात तक घर और स्कूल की इतनी जिम्मेदारियाँ निभाने में जो वे घनचक्कर बनी रहती हैं, उसका इतना प्रतिदान तो उन्हें मिलना ही चाहिए।

□

7

भाग्य भरोसे

सुधा आजकल अपने पति और घरेलू सहायक के साथ गृहस्थी की नाव खे रही थी, क्योंकि बेटा-बेटी दोनों पढ़ाई, नौकरी, शादी के मील के पत्थर पार कर अलग-अलग शहरों में जा बसे थे। रामकिशोर उसका घरेलू सहायक मध्य वयस का एक विचित्र सा चरित्र था, जो जी करे तो जम के काम करता और जी उचट जाए तो लंबी छुट्टी पर फरार हो जाता। कह के जाता, दस दिन के लिए गाँव जा रहा हूँ, लौटने में दो महीने लगा देता।

उसकी लंबी अनुपस्थिति में सुधा अकेले मोर्चा सँभाल सारे गृहकार्य निपटा लिया करती थी। परंतु अब दोनों बच्चों के घोंसला त्याग जाने के बाद घरेलू जिम्मेदारियाँ बहुत हलकी हो जाने पर भी वह अपनी पचास को छूती आयु के हाथों मजबूर हो गई थी। उसे अब लगातार काम और भारी काम करने में ऊब और थकावट होती। पर इसका क्या किया जाता कि रामकिशोर इधर फिर लंबी छुट्टी पर पलायन कर निज ग्राम को प्रस्थान कर चुका था।

सुधा ने पड़ोसन सहेलियों और अपने ड्राइवर को एक कामवाली

बाई की तलाश करने के लिए आग्रह किया। और दो-चार दिन बीतते ही ऐसी एक बाई उसके घर की बेल बजा रही थी। संध्या के झुटपुटे में सुधा ने बाहर निकलकर लॉन का लोहे का गेट खोला तो सामने नीरू खड़ी थी, बाईस-तेईस साल की लड़की, जो सलवार-सूट में बिंदी-सिंदूर लगाए आँखों को काफी मासूम और भली लग रही थी। उसने कहा, "दीदी, आपको मेड की जरूरत है?"

"हाँ जरूरत तो है।"

"तो मुझको रख लीजिए न! अगली गली में जुनेजा आंटी के यहाँ भी मैं काम करती थी। वो अमरीका चली गई हैं बेटे के पास, तो मेरी तनख्वाह घट गई है।" उसकी आँखों में याचना देखकर सुधा ने तुरंत उसके काम के घंटे और वेतन तय करके अगले दिन से आने के लिए कह दिया।

रामकिशोर अगले दो महीनों तक नहीं लौटा और इस बीच सुधा और नीरू की आपस में काफी जमने लगी। उसके काम की सफाई और सुघड़ाई तथा उसकी बातों की मिठास ने सुधा को इस कदर मोहित कर दिया कि वह भूल जाती कि नीरू उससे आधी उम्र की है। पति तो सुबह-सुबह टहलने निकल जाते। सुधा उनका नाश्ता बनाती और घर के बाकी काम नीरू निपटाती, साथ ही दोनों में गप्पें चलती रहतीं। सुधा उसके घर की सारी बातों, सारी समस्याओं से परिचित हो गई। वह जान गई कि नीरू का पति हीरो-छाप है, जो एक लड़कियों के हॉस्टल में सुबह-शाम खाना पकाता है और बाकी समय दोस्तों के साथ मटरगश्ती में काट देता है। शादी को पाँच साल हो गए। उसकी माँ शादी के बाद ही गुजर गई। पिता उसके साथ रहते हैं। इन पाँच सालों में भी उसे कोई बच्चा नहीं हुआ, डॉक्टर का

इलाज चल रहा है। उसकी एक दीदी है, जो डॉक्टर के पास उसके साथ जाती है।

यों ही शांतिपूर्वक कुछ महीने गुजर गए थे। इस बीच रामकिशोर भी चुपचाप आकर अपने काम पर वापस लग गया था। पर सुधा ने नीरू को काम से नहीं हटाया।

एक शाम सुधा बहुत खुश-खुश नजर आ रही थी और गुनगुनाते हुए चार बजे शाम की चाय खुद के लिए बना रही थी, जब नीरू लंच के जूठे बरतन माँजने घर में घुसी। संयोग की बात थी कि नीरू भी आज गुनगुनाते हुए आई थी। सुधा ने कहा, "भई, क्या खुशी की खबर है? हमें भी बताओ तो हम भी तुम्हें एक खुशखबरी दें।"

नीरू का चेहरा खिड़की से आती शाम की धूप पड़ने से दुगुना खिल गया। बोली, "दीदी, मेरी डॉक्टर बोलीं, अब मेरा बाबू आने वाला है, छह महीने और हैं।"

"अरे वाह, कितनी बढ़िया खबर! और संयोग देखो, मेरी बहू से भी सेम टू सेम यही खुशखबरी आज मुझे मिली है।" दोनों खुशी से फूली नहीं समा रही थीं।

लेकिन फिर सुधा को याद आया, उसकी बहू की गर्भावस्था फाइब्रॉयड्स के कारण हाई-रिस्क हो गई थी और उसे डॉक्टर ने पूरे समय बेड रेस्ट में रहने को कहा था, जिसके कारण वह अपनी उच्च पद वाली सरकारी नौकरी से लंबी छुट्टी लेकर अपनी सास के पास ही रहने आ रही थी। सुधा ने यह बात नीरू को बताते हुए पूछा कि उसकी प्रेग्नेंसी के विषय में डॉक्टर ने क्या हिदायतें दी हैं। नीरू के चेहरे की चमक अचानक मंद पड़ गई और वह बताने लगी, "बहुत सालों बाद बच्चा हो रहा है, डॉक्टरजी ने कहा कि झाड़ू-पोंछे का काम नहीं करना। ज्यादा-

से-ज्यादा आराम से ही रहना। पर पता नहीं छह महीने और उसके बाद भी साल भर बिना काम किए मेरा घर कैसे चलेगा?"

सुधा यह समस्या सुनकर चिंतित हो गई। जिस मौके पर उसे पैसों की जरूरत पड़ने वाली थी, ऐन उसी वक्त पर उसे नौकरी छोड़ने की मजबूरी से भी दो-चार होना पड़ रहा था।

अगले दिन से नीरू ने काम पर आना बंद कर दिया और हफ्ते बाद एक शाम की फ्लाइट से उसका बेटा अमित और बहू नेहा घर आ गए।

सुधा अपनी बहू की सार-सँभाल में जुट गई। दिन भर वह उसके लिए न्यूट्रीशनिस्ट द्वारा बताई गई डाइट के अनुसार भोजन तैयार करती। साफ-सफाई का खयाल रखती। ध्यान रखती कि नेहा खुश रहे, सुरक्षित रहे। अमित तो तीन दिनों बाद दिल्ली लौट गया। अब नेहा उसी के भरोसे थी। नेहा की माँ लखनऊ के स्कूल में प्रिंसिपल थीं, काफी व्यस्त रहती थीं। इसलिए नेहा ने लखनऊ जाने के बजाय कानपुर में अपनी सास के पास यह वक्त बिताना उचित समझा था।

अमित जाने से पहले ढेर सारे ड्राई फ्रूट्स लाकर नेहा के कमरे में रख गया था और स्नेह भरी हिदायत दे गया था कि अगले महीने वह फिर आएगा, उससे पूर्व नेहा को वह सारा स्टॉक खत्म करना होगा। सुधा ने घर के बने शुद्ध घी में मेवे के लड्डू बनाकर नेहा के कमरे में लड्डुओं के डिब्बे रख दिए थे। नेहा के ससुर उमेश बाबू भी सुबह की सैर से लौटते हुए सबसे ताजे फल और सब्जियाँ लेकर आते और प्राय: खुद फल काटकर नेहा के लिए प्लेटें भरकर ले आते।

सुधा और उमेश ने प्यारे बच्चों की तसवीरें छोटे-बड़े फ्रेम्स में लगाकर नेहा के कमरे में सजा दी थीं। महापुरुषों की जीवनियाँ लाकर

उसके कमरे के बुकशेल्फ में रख दी थीं और प्रायः सुबह-शाम एलेक्सा को मधुर भजन सुनाने का आदेश दोनों में से कोई एक जारी कर देता था।

सारांश यह कि सास-ससुर और पति ने नेहा के लिए हर वह प्रयास किया, जिससे एक सात्त्विक और स्वास्थ्यप्रद वातावरण नेहा के इस विशेष समय के लिए उसके इर्द-गिर्द घर में निर्मित हो जाए। पर इसके बरक्स नीरू का क्या हाल था?

इस बीच नीरू की बात तो दिमाग से उतर ही गई थी न! पर एक दिन नीरू ने ही फोन कर उनकी बहू की प्रेग्नेंसी के संबंध में अपने विनम्र लहजे में हाल-हवाल पूछा तो सुधा पछतावे से संकुचित हो उठी। उसने कहा, "मैं तो भूल ही गई थी तुम्हारी बात बहू के कामों में लगकर। कहो कैसा चल रहा है? आराम तो कर रही हो ठीक से?"

जवाब 'हाँ' में मिला, पर स्वर में घुली परेशानी सुधा से छिप न सकी। उसने कहा, "नीरू, तुम आकर कुछ पैसे ले जाओ। ऐसे समय में अच्छा भोजन और फल-वल खाना जरूरी है।"

नीरू शाम में आई। सुधा ने उसे पाँच हजार रुपए थमाए, कुछ फल और मेवे के लड्डू भी। फिर कहा, "अभी तो इतना ही कर पा रही हूँ। लेकिन अगले इतने महीनों तक काम कैसे चलेगा तुम्हारा?"

वह बोली, "दीदी, कुछ मदद तो मेरी अपनी दीदी कर रही है। और गुप्ता आंटी, जिनके यहाँ मैं खाना पकाती हूँ, उन्होंने कुछ उधार दिया है।"

"ठीक है नीरू, मैं तुम्हें कर्ज तो नहीं दे सकती, क्योंकि फिर तुम उसे चुकाने में ही ख्वार होती रहोगी। और मेरे पास भी उतने पैसे एकमुश्त कभी होते ही नहीं, क्योंकि मैं तो खुद एक गृहिणी हूँ। ज्यादा

खर्च कर दूँ तो मुझे जवाबदेह हो जाना पड़ता है। पर अपनी छोटी बचत से यथासंभव तुम्हारी मदद करूँगी और दिए गए पैसे को वापस नहीं माँगूँगी।"

नीरू ने बेहद कृतज्ञ नजरों से सुधा को देखा और धन्यवाद बोलकर गई।

उसके बाद घर के काम करते, नेहा का खयाल रखते अपनी हर व्यस्तता के बीच भी सुधा को रह-रहकर नीरू की परेशानी याद आ जाती। नेहा को पौष्टिक भोजन देते वक्त वह सोचती रहती कि क्या कभी-कभी वह कुछ फल खरीदकर नीरू के घर नहीं भिजवा सकती!

काम छोड़ने से पहले नीरू दो घरों में तीन हजार रुपए प्रतिमाह पर चौका-बरतन करती थी और एक घर में खाना पकाने के पाँच हजार रुपए लेती थी। सुधा सोचती कि कम-से-कम पाँच हजार रुपए हर महीने दे दूँ तो उसे कुछ तो सहूलियत हो जाएगी। पर फिर लगता कि घर के लोग कहीं उसकी दरियादिली का मजाक न बनाएँ, जो पहले भी अकसर वे करते रहे थे।

उस दिन सुबह वह नेहा के साथ बालकनी में बैठी सर्दियों की धूप का आनंद ले रही थी। नेहा के समाने पालक-सूप का बाउल रखा था, जिसे पीने को वह अनिच्छुक थी और सुधा उसे मनाने को पालक के गुण गिना रही थी। अचानक सुधा को कुछ याद आया तो विषय परिवर्तित कर उसने नेहा से कहा, "तुम्हारे इम्प्लायर मातृत्व अवकाश वेतन के साथ देते हैं। यह तुम्हारे और तुम्हारी जैसी अन्य कामकाजी महिलाओं के लिए कितना सुविधाजनक है। पर इन घरेलू काम करने वाली नीरू जैसी लड़कियों को देखो—प्रेग्नेंसी में इनके काम-धंधे छूट

जाते हैं। सरकार को इनके लिए भी कोई नियम, कोई योजना बनानी चाहिए या नहीं!"

नेहा हँसकर बोली, "मम्मीजी, आपकी बात बिल्कुल सही है। आप नीरू को इतना मानती हैं। आपको पहले ही अपनी यह चिंता हमसे शेयर करनी चाहिए थी। हम सब उसकी मदद जरूर कर सकते हैं। और सरकार जब करेगी तब करेगी। तब तक हमारे द्वारा सहायता किया जाना आवश्यक भी है और उचित भी।"

अपने विचारों का समर्थन नेहा से पाकर सुधा खिल उठी। उसका हौसला बढ़ा और उसने सोचा, थोड़ी देर बाद नीरू को फोन करके वह यह अच्छी खबर उसे सुनाएगी, लेकिन उससे पहले ही नीरू का फोन आ गया। सुधा अपने लिए चाय बनाने किचन में जा रही थी, तभी मोबाइल की रिंगटोन बज उठी। बिना कॉलर का नाम देखे उसने फोन रिसीव किया तो उधर से चिल्लाकर रोने की आवाज सुनकर सुधा अवाक् रह गई।

यह तो नीरू की कॉल थी। वह रोते हुए कह रही थी, "दीदी! मेरा बच्चा नहीं रहा।" सुधा स्तब्ध हो वापस कुरसी पर बैठ गई। सुबकियों के बीच कही गई बात से उसे यही समझ में आया कि पेट में बच्चे की गतिशीलता महसूस न होने पर उसने डॉक्टर को जाकर कहा था, जिसने परीक्षण कर बताया कि बच्चा गर्भ में ही समाप्त हो चुका था। फिर वह अस्पताल में पाँच दिनों तक भरती रही थी।

सुधा को समझ नहीं आ रहा था कि उसे किन शब्दों में दिलासा दे, अपने शब्द उसे खोखले प्रतीत हो रहे थे। नेहा भी उससे यह घटना सुनकर स्तंभित रह गई थी।

पंद्रह दिनों बाद उससे पूछकर नीरू फिर काम पर आने लगी थी।

पर वह अपने पुराने चंचल और मीठे व्यक्तित्व की छाया मात्र रह गई थी। बहुत कम बोलती। उसके हाथ मशीनी अंदाज में काम निबटाते रहते, पर मन खोया-खोया सा रहता।

एक दिन संध्याकाल में किचन में शाम के नाश्ते के लिए सुधा मटर छील रही थी और नीरू स्टोव की सफाई में लगी थी। वह चुप थी, कुछ सोचती हुई सी।

सुधा ने कहा, "नीरू, इतना न सोचा करो। भविष्य में फिर से यह मौका आएगा और खूब सावधानी से रहने पर इस बार सब ठीक होगा।"

नीरू बोल पड़ी, "यही तो हर वक्त सोचती रहती हूँ कि मैं सावधान नहीं रही, इसलिए ऐसा हुआ। सातवें महीने में आकर वह चला गया।"

"क्यों, तुमने ऐसा क्या किया था? डॉक्टर के कहे अनुसार तुम तो काम छोड़कर रेस्ट पर ही थी, तो घर पर ऐसी क्या असावधानी कर बैठी?"

"नहीं दीदी, एक घर का काम नहीं छोड़ा था। गुप्ता आंटी से मैंने ज्यादा उधार ले लिया था न—पूरे चालीस हजार। वे बहुत वृद्ध हैं और मेरे अलावा किसी और पर भरोसा भी नहीं करतीं। इसलिए इस कर्ज के कारण उनका काम नहीं छोड़ पाई थी। सोचा था, सिर्फ खाना ही तो बनाना है। पर लगता है, उनके यहाँ कोई भारी बरतन उठाते-रखते कोई गड़बड़ हो गई।"

सुधा विचलित हो गई। इतने इलाज और मनौतियों के बाद आने वाले बच्चे के लिए भी यह पूरी तरह से सावधानी नहीं बरत पाई। पर उसका भी क्या कसूर माना जाए कि उसकी सारी मजबूरी तो सामने ही थी। सुधा उसकी गलती बताकर उसे और दुःखी नहीं कर सकती थी।

नीरू उसकी ओर आशंकित नजरों से देखते हुए कह रही थी, "बताइए दीदी, यह मेरे चलते हुआ न! मेरी ही गलती के कारण तो हुआ! मेरा पति सारा दोष मुझे देता है।"

सुधा कहीं कभी पढ़ी हुई बात का सहारा लेकर बोली, "नहीं, कभी-कभी गर्भ में कोई बच्चा ठीक से बन नहीं रहा होता है, इसलिए प्रकृति ही उसे हटा देती है। जैसे कोई पौधा ठीक से विकसित नहीं होता तो मुरझा जाता है, पर उसी के बगल में उसके भाई-बंधु पौधे बड़े होकर खिल जाते हैं। तुम अगली बार फिर कोशिश करो तो जरूरी नहीं कि कोई समस्या फिर आए। ऐसा कितनों के साथ हुआ है कि ऐसी दुर्घटना के बाद उन्हें पुनः पूर्णतः स्वस्थ बच्चा मिला। इसलिए अच्छे की उम्मीद रखो, सब भला होगा।"

नीरू थोड़ी आश्वस्त-सी होती दिखी। परंतु अपने हृदय में सुधा इस वैषम्य पर कुढ़ना नहीं छोड़ सकी, जिसमें समाज के एक वर्ग की महिलाओं को इतनी सुविधाएँ हासिल हैं, पर उसी तरह की कामकाजी असंगठित वर्ग की महिलाओं के लिए किसी सुनिश्चित व्यवस्था की बात किसी ने सोची ही नहीं। कल्याणकारी आधुनिक राज्य की अवधारणा ही वंचितों को विशेष सुविधा देने पर आधारित है, पर अपनी बात जोर-शोर से सामर्थ्यवान के कानों तक न पहुँचा पाने के कारण ये घरेलू कामगार महिलाएँ अपनी वंचित स्थिति के साथ आज भी भाग्य भरोसे हैं।

□

8

अशिष्टाचार

"एक अशिष्ट समाज से ही एक भ्रष्ट समाज उत्पन्न होता है।" निमिषा ने स्ट्रॉ से कोल्ड कॉफी का एक ठंडा सिप लेकर कहा।

"मुझे लगता है, यह तुम बड़ी दूर की कौड़ी लेकर आई हो। कहाँ रही अशिष्टता, जो एक छोटी सी रोजमर्रा के व्यवहार की समस्या है और कहाँ रहा भ्रष्टाचार, जो समाज की नींव को खोखला कर आम इनसान का जीवन बरबाद कर रहा है।" पल्लवी ने अपनी गरम कॉफी के कप में उठे झाग पर ब्राउन शुगर का सैशे खाली करते हुए कहा।

अपने मल्टीनेशनल कंपनी के कार्यालय से निकलकर पास के ही मॉल के प्रांगण में बने ओपन एयर रेस्टोरेंट में दोनों शाम के सात बजे बैठी हुई थीं। दोनों ने साथ में हलकी शॉपिंग की थी और अब कॉफी पर चर्चा में उलझ गई थीं। स्मार्ट एक्जीक्यूटिव सूट, कलर्ड स्ट्रेट बालों में तीस से थोड़े ही ऊपर वय की वे दोनों सफल सुंदर महिलाएँ थीं; दिन भर की कड़ी मेहनत और मगजमारी के बाद आसपास की हरियाली और पाम ट्रीज के झुरमुट से झूमकर आती हवाओं एवं कॉफी

के पसंदीदा फ्लेवर ने शाम खुशनुमा कर दी थी और अब वे अपने दिल की बातें शेयर करने वाले सखी भाव में आ गई थीं।

पल्लवी ने थोड़ा मुसकराते हुए अपनी बात आगे बढ़ाई, "क्या तुम अपनी थ्योरी को साबित कर सकती हो?"

"हाँ जी, बिल्कुल," कहकर निमिषा ने अपने एंड्रॉयड फोन पर गूगल का सर्च बार खोलकर 'एटिकेट' शब्द टाइप किया। फिर कहा, "पहले देख लेते हैं, शिष्टाचार की परिभाषा क्या है? विकिपीडिया कहता है, शिष्टाचार सामाजिक व्यवहार के आवश्यक नियमों का नाम है। ये नियम हमारे द्वारा अन्य लोगों के अधिकारों तथा व्यक्तिगत स्पेस का आदर करने, उनके प्रति दयालुता दिखाने, खुद पर आत्म-नियंत्रण रखने आदि से संबंधित हैं, जिससे दूसरों को अच्छा और कंफर्टेबल महसूस हो और लोगों के बीच क्लेश की स्थिति न बने। पर सुबह से शाम तक हम यहाँ फेस क्या करते हैं?

आज का ही दिन ले लो। तुमने देखा है, ऑफिस के प्रथम तल पर मेरा केबिन है। लंच टाइम में ग्राउंड फ्लोर की कैंटीन में जाने के लिए मैं सीढ़ियाँ उतर रही थी। सामने से दो बंदे, दिखने में स्मार्ट, लैपटॉप बैग कंधे पर लटकाए फटाफट सीढ़ियाँ चढ़ते आ रहे थे, लेकिन उनकी सारी आधुनिक कंप्यूटरी शिक्षा और स्मार्टनेस उन्हें यह तहजीब बख्शने में फेल कर गई कि सामने से कोई आ रहा हो तो साइड हो जाएँ।

अगर मैं बिल्कुल रेलिंग से चिपक न जाती तो आमने-सामने की टक्कर का नजारा पेश होता। चलते हुए अकसर मैं ही लोगों को साइड देती रहती हूँ, लोग तो नाक की सीध में चले आते हैं, जैसे दिख ही न रहा हो कि सामने से कोई आ रहा है।

अशिष्टाचार

सुबह-सुबह मॉर्निंग वॉक में पार्क के जंगल ट्रेल पर सामने से हा-हा-हू-हू करते अधेड़ व्यक्तियों का ग्रुप आता रहता है, मजाल है कि एक महिला के लिए तो क्या, एक वृद्ध व्यक्ति के बगल से गुजरने के लिए भी वे एक इंच रास्ता छोड़ दें।

अभी मैं तुमसे मिलने आ रही थी, अपनी धुन में एम.जी. रोड पर विंडो शॉपिंग करती हुई, आराम से टहलती आ रही थी। मूड बहुत अच्छा हो रहा था कि एक ट्रिंकेट शॉप के सेल्समैन ने फुटपाथ पर पच्च से थूका और सारा मूड बरबाद हो गया। मैंने ध्यान दिया तो पाया कि सड़क पर हर थोड़ी दूर पर थूकों की पच्चीकारी की हुई है—कुछ ताजे, कुछ सूखे, कुछ पान की लाल पीकें, कुछ गुटके की, थूकना तो जैसे यहाँ का नेशनल पासटाइम है।"

"ओह निमिषा, यह थूक का किस्सा आगे न बढ़ाओ।" पल्लवी नाक पर रुमाल रखकर बोली।

निमिषा हँस दी, फिर बोली, "बाहर ही क्यों, घर की ही बात ले लो। कल रात पति महाशय की बुआजी घर पर अपनी बेटियों के साथ आईं। उन्होंने पूरे विस्तृत परिवार-रिश्तेदार बिरादरी में स्वयं को सुघड़ शिरोमणि के रूप में विख्यात कर रखा है। पहले तो मैंने सोमेश से उनका गुणगान सुन उन्हें वास्तव में सॉफिस्टिकेटेड समझकर उनसे कुछ सीखने की कोशिश की थी, पर जल्द ही पता चल गया था कि आजकल के पॉलिटीशियंज की तरह उन्होंने मात्र प्रॉपेगैंडा फैला रखा था।

एक तो उन्होंने आने से मात्र एक घंटे पहले फोन किया। मैं ऑफिस से थकी-हारी उनकी खातिरदारी के लिए केक-मफिंस खरीदते घर पहुँची तो मेरी हाउस-हेल्प लाली बुखार के चलते चादर

तानकर सो रही थी। अब मेहमानों का सारा भोजन अकेली मुझको बनाना था, वह भी एक घंटे के अंदर, लेकिन वह तो कोई बात नहीं थी। मेहनत को मैं हमेशा तैयार हूँ, पर बदतमीजी के लिए नहीं। मैं पूरी के लिए आटा गूँथ रही थी, तभी गेस्ट आ गए। मैंने जाकर नमस्ते की तो बुआजी ने कहा, 'निमिषा, किचन से आते समय पसीना धो-पोंछकर फ्रेश लुक के साथ आना चाहिए।' एक तो मैं हड़बड़ में काम छोड़कर आई, ऊपर से ये आक्रमण! खैर, उन्हें सोमेश के साथ बात करता छोड़कर मैं वापस किचन में गई, पर थोड़ी ही देर में हेल्प करने का बहाना करके अपनी दोनों बेटियों के साथ उन्होंने किचन में धावा बोल दिया। कहने लगीं, 'लाओ जी, तुम्हारी मदद ही कर दें। सुना है, लाली भी बीमार है।' उनकी कॉलेज-छात्रा बड़ी बेटी ने तब तक किचन की व्यवस्था का आलोचनात्मक नजरों से एक्स-रे कर लिया और डब्बों का अरेंजमेंट और सुंदर कैसे किया जा सकता है, इस पर टिप्स देने लगी। तभी उनकी प्लस-टू में पढ़ने वाली छोटी बेटी बोल उठी, 'अरे भाभी, आटा इतना कड़ा गूँथा, ऐसे थोड़े ही गूँथते हैं।'

बुआ ने कहा, 'अरे भई, ये ऑफिस वाली हैं। इन्हें यह सब कहाँ आता है।' मैंने प्रोटेस्ट किया कि पूरी बनाने के लिए थोड़ा कड़ा गूँथा है। पर उनकी छोटी बेटी ने मुझसे छीनकर फटाफट आटा गूँथना शुरू करके अपनी प्रतिभा का प्रदर्शन किया और फिर बोली, 'लो, अब सही हो गया। और बोलिए, क्या-क्या बनाना है?' तब तक बुआजी ड्राइंगरूम के ए.सी. वाले माहौल में जाकर सोमेश को बता रही थीं कि कैसे उन्होंने अपनी बेटियों को गजब का प्रशिक्षण देकर सर्वगुणसंपन्न बनाया है। जबकि आजकल लोग बेटियों को बस पढ़ाते हैं; और उसके सिवा कुछ भी सिखा नहीं पाते कि वे एक सूई-धागे

का इस्तेमाल करने लायक भी नहीं रहतीं, एक चम्मच भी ठीक से रख नहीं पातीं, एक गिलास पानी भी किसी को ठीक से पेश नहीं कर पातीं।

किचन में उनकी सारी बातें मेरे कानों तक पहुँच रही थीं और मेरा खून खौल उठा था। यहाँ मेरे माँ-पापा ने लग-भिड़कर मुझे कितनी मेहनत, कितने त्याग से जो उच्च शिक्षा दिलवाई, उसका जलन के मारे मखौल उड़ाया जा रहा था। मेरे माँ-पापा द्वारा ही दी गई शिष्टाचार की सीख ने मुझे अतिथियों को कुछ भी सुनाने से रोक दिया वरना मैं वर्कलोड और उनकी स्टुपिडिटी से नाक तक आजिज आ गई थी।"

पल्लवी हँसकर बोली, "कमाल है, यह बुआजी वाली बात तो मेरे साथ भी हुई है। कुछ दिनों पहले वीकेंड पर मेरे पति की बुआजी दिन में लंच पर निमंत्रित थीं। बातों-बातों में उन्होंने साबित करने की कोशिश की कि मैं अपने पति नलिन से उम्र में बड़ी हूँ। मैंने कहा, हालाँकि बड़ा होना मेरे लिए मैटर नहीं करता, पर फिर भी हमारे सर्टिफिकेट्स के अनुसार मेरी उम्र नलिन से दो महीने कम है। तब उन्होंने तपाक से कहा कि चूँकि मेरे पिता बड़े सरकारी अफसर थे, उनके लिए फर्जी जन्मतिथि सर्टिफिकेट में डलवाना कौन सी बड़ी बात थी; ऐसी धाँधलियाँ करने में तो उनकी विशेष योग्यता होगी। आई वाज रियली स्टम्प्ड एट हर ऑडेसिटी। तेरी तरह बस इतना कह सकती हूँ कि शिष्टाचार के संस्कारों ने ही उस वक्त मुझे उनका अपमान करने से रोका।"

"सही है।" निमिषा ने कहा, "और तो और, अभी यहाँ आते-आते मैं ए.टी.एम. कियोस्क में घुसी थी, कुछ कैश की जरूरत थी, क्योंकि घर में मेड को वेतन देना है। टेलर मशीन में कुछ समस्या थी, दो बार कोशिश करने के बाद तीसरे प्रयास में कैश मिला, तब

तक बाहर तीन–चार जनों की एक कतार लग गई थी। बाहर निकली तो कतार में खड़े एक सज्जन ने टिप्पणी की, 'लगता है, मैडम को बाहर गरमी लग रही थी, इसलिए ए.सी. की ठंडी हवा खाने ए.टी. एम. में टिकी हुई थीं, बाहर आ ही नहीं रही थीं।' सुनकर मेरा उनको आड़े हाथों लेने का दिल किया, पर फिर याद आया, यही अशिष्टता, ओछी मानसिकता, दूसरों के स्पेस में जबरदस्ती घुसना, अपनी बारी का इंतजार नहीं कर सकना, आगे वाले को लँगड़ी मारकर पीछे करने की इच्छा—यही सब तो हमारे दैनंदिन सामाजिक जीवन का हॉलमार्क है। इसमें कितनों को आप तमीज सिखाते चलोगे, इसलिए जाने दो।"

"तो इसलिए मैडम आप भरी हुई हैं और शिष्टाचार एवं भ्रष्टाचार के कोरिलेशन पर आपने थ्योरी भी बना ली, पर अभी तक इस थ्योरी की तुमने व्याख्या नहीं की कि कैसे शिष्टाचार का अभाव भ्रष्टाचार की ओर ले जाता है।"

"वो ऐसे ले जाता है कि शिष्ट लोगों को अपने सहकर्मियों, सहयोगियों, सहयात्रियों और अजनबियों की भावनाओं, कंफर्ट और अधिकारों का खयाल रहता है। ऐसा खयाल रख सकने पर लोगों के बीच टकराव नहीं होता और समाज सुसभ्य बनता है। ऐसे सुसभ्य समाज में लोग किसी की हकमारी की ओर प्रवृत्त नहीं होते, ऐसा करना उनके शिष्ट भाव के खिलाफ होता है और हकमारी नहीं करेंगे तो भ्रष्टाचार नहीं होगा।

पिछले साल मैं कंपनी के एक ट्रेनिंग प्रोग्राम के सिलसिले में शिकागो में छह सप्ताह गुजारकर आई। रेसिज्म का सामना करने का भय था मुझे। लेकिन हुआ इतना उलटा कि मेरे दिमाग में तो उस समाज की छवि ही बदल गई। मेरा पहला कैब ड्राइवर तक इतना

सुसभ्य था कि उसने मेरे सूटकेस और बैग डिक्की से निकालकर सड़क पर नहीं फुटपाथ के कर्ब पर ध्यान से रखे और मेरे प्रवास के लिए शुभकामनाएँ दीं। हॉप-ऑन, हॉप-ऑफ बस पर बैठकर साइट सीइंग के दौरान चढ़ते-उतरते वक्त लोगों का तुरंत कतारबद्ध हो जाना मैंने देखा। किसी शॉप या स्टोर में घुस रही हूँ या निकल रही हूँ तो सामने से आ रहा व्यक्ति आदर से दरवाजा खोलकर एक तरफ खड़ा हो जाएगा। अजनबी लोग भी मुसकराकर ग्रीट करेंगे।

इसी सहृदय व्यवहार का तो नतीजा है कि वहाँ की संस्थाओं में भ्रष्टाचार न्यूनतम है। अगर आप एक ऑफिस में निजी काम से गए हैं तो जिस भी प्रभारी से आप मिलेंगे, वो आपको सारे रूल्स बताकर अधिकतम सहायता करेगा, यहाँ तक कि उसका पूरा प्रयत्न रहेगा कि आपका हर उचित काम हो जाए। पर यहाँ किसी भी ऑफिस में जाओ तो बाबू को तुम्हारी किसी असुविधा का खयाल नहीं। तभी तो वह तुमसे हजारों-लाखों ऐंठने के लिए तुम्हें पोटेंशियल बकरा समझ लेता है। ऐसे ही लोग, जो सड़कों पर तुमसे बदतमीजी करते हैं, वही शक्तिशाली बनने पर तुम्हारी हकमारी करते हैं। छोटे लेवल पर अशिष्टता लोगों का दिल दुःखाती है, बड़े लेवल पर यही भ्रष्टाचार बनकर समाज को नुकसान पहुँचाती है।"

"सही है! वेल एक्सप्लेंड! पर चलो, अब घर चला जाए। आठ बजने जा रहे है।" पल्लवी ने घड़ी देखकर कहा।

"अरे नहीं, पंद्रह मिनट और बैठो! कल ऑफिस में बहुत व्यस्त दिन होने वाला है, आज शाम थोड़ा रिलैक्स कर लूँ। यहाँ बड़ा अच्छा लग रहा है," निमिषा यह कह रही थी, तभी उसका फोन बज उठा। उसने फोन कान से लगाया। उधर से जल्दी-जल्दी में कुछ कहा गया

और इधर से निमिषा कह रही थी, "ओहो, अच्छा वे आए बैठे हैं। खाना भी खाएँगे? अच्छा मैं अभी आई।" कहकर उसने उत्कंठित होकर अपना पर्स पकड़ा और वेटर को बिल लाने का इशारा किया। पल्लवी ने जिज्ञासा की, "क्या हुआ निमिषा? अभी तो कह रही थी और बैठेंगे, अब जाने की जल्दी मचा रही हो?"

"अरे, हमारे एक दूर के चाचाजी, जो बड़े रसूख वाले कॉन्ट्रैक्टर हैं, घर पर आए बैठे हैं। उन्हें भोजन भी करना है, जाकर अच्छा सा डिनर तैयार करना होगा।"

"अरे, पर वे ऐसे अचानक कैसे आ गए? तुम्हें पहले से कहा नहीं था?"

"अरे वो जब आते हैं, ऐसे ही आते हैं, बिना कोई फोन किए। और तुम्हें तो पता है, सोमेश सरकारी प्रशासनिक सेवा में हैं। अभी वे सोमेश की प्लम पोस्टिंग का इंतजाम करके आए हैं, दूसरे कैंडिडेट्स का पत्ता काटकर। उनकी विधायकों, मंत्रियों से बहुत जान-पहचान जो है।"

उसकी बातें सुनकर अब लग ही नहीं रहा था कि उसके हिसाब से बिना फोन किए किसी के घर चले जाना, इतने शॉर्ट नोटिस पर पकवान बनवाना अशिष्टता की श्रेणी में गिना जा सकता है। फिर भी पल्लवी अपना एक अचरज प्रकट करने से चूक नहीं सकती थी। उसने कहा, "लेकिन निमिषा, जब सोमेश यह प्लम पोस्टिंग सिफारिश से पाएँगे तो बुरा न मानना, हो सकता है, किसी की हकमारी हो जाए। इसे तुम अशिष्टता की श्रेणी में रखोगी कि भ्रष्टता की?"

"अरे सब चलता है भई! ये इंडिया है, कोई अमरीका थोड़े है।" निमिषा बिल पे कर चुकी थी। अपना पर्स उठाकर मुसकराती

हुई चलती बनी। पल्लवी थोड़ी देर हतप्रभ बैठी रही। पर फिर सिर हिलाकर वह भी मुसकराते हुए उठी और अपना बैग कंधे पर लटकाया। अपनी गाड़ी के लिए कार पार्किंग की और जाते हुए वह सोच रही थी, सच में यहाँ सबकुछ चलता है—आदर्शवादी लंबे भाषण, दर्शनशास्त्र को फेल करने वाले प्रवचन और फिर वही करना, जो खुद के मतलब को सूट करता हो।

□

9

सत्यनिष्ठा का मूल्य

श्री विद्यानंद शर्माजी की नेकनामी और उनकी सत्यनिष्ठा की हर कसौटी पर खरी उतरने के किस्से मात्र उनके कार्यालयपर्यंत ही नहीं, दूर-दिगंत तक फैल गए थे। वे राज्य माध्यमिक परीक्षा बोर्ड में एक कनीय लिपिक के पद से लगातार प्रोन्नति पाते हुए उपसचिव के पद पर रिटायरमेंट से पहले पहुँच गए थे। यही उनकी ईमानदारी का एकमात्र पुरस्कार था कि बेदाग सेवा ने उनकी प्रोन्नति का मार्ग प्रशस्त और निष्कंटक रखा।

इस एक लाभ को छोड़कर बाकी समय उनकी ईमानदारी अकसर उन्हें लोगों की नजरों में काँटे की तरह चुभने लायक बना देती थी। और कई वरीय बड़े अफसरों ने तो उन्हें कार्यालय के मुख्य दायित्वों से वंचित रखकर रूटीन कामों में उलझाए रखा था, ताकि उनकी ईमानदारी का बुरा असर कार्यालय के मुख्य कार्यों के निष्पादन पर न पड़े। खास करके वित्तीय मामलों और प्रशासनिक मामलों से तो उन्हें मरे हुए चूहे की तरह दूर रखा जाता।

श्री विद्यानंद भी जमाने का रुख देखकर अपनी खैर मनाते थे

कि अब तक नौकरी बचा ले गए और तरक्की भी मिल गई। मोटा-मोटी, छोटी-मोटी वंचनाओं की अनदेखी कर दें तो इज्जत भी बची रह गई और सौभाग्य से अब वे छह महीने में सेवानिवृत्त भी होने वाले थे।

हाँ, बीच में यह भी जरूर हुआ था कि पाँच वर्ष पूर्व जब उस वक्त के नए चेयरमैन ने सभी अफसरों को वाहन अलॉट किए तो सबसे मुँहलगे अफसर को चमकती एस.यू.वी. दिलवाई, हालाँकि वह विद्यानंदजी से वरीयता क्रम में नीचे था। तर्क यह था कि उस पर ऑफिस की कई बड़ी जिम्मेदारियाँ थीं और वह प्रायः इंस्पेक्शन पर जाता था। इन कामों को करने से विद्यानंदजी ने कब मना किया था! तथापि उन्हें सबसे खटारा दशकों की उम्र वाली बूढ़ी एंबेसडर और सबसे बूढ़ा, काँपते हाथों से स्टियरिंग सँभालने वाला, धुँधलाई दृष्टिवाला ड्राइवर प्रदान किया गया, जो रतौंधी की शिकायत का हवाला देकर रात की कालिमा फैले, उससे पहले शाम छह बजे ही घर जाना चाहता। कभी-कभी उन्होंने काम ज्यादा होने पर उसे देर शाम तक रोका तो अँधेरे में उसने एक बार बिजली के पोल से और एक बार घर के गेट से गाड़ी टकरा दी। गेट मरम्मत करवाने के खर्च का नुकसान अलग हुआ। अब विद्यानंदजी को देर शाम तक ऑफिस में काम होने पर रिक्शे या ऑटो में बैठकर घर लौटना पड़ता।

उन्हें बैठने के लिए केबिन भी सबसे छोटा दिया गया, जिसे कई दिनों तक एक अवर सचिव के साथ उन्हें शेयर करना पड़ा, जब तक कि वे अवर सचिव सेवानिवृत्त नहीं हो गए। दूसरे अफसरान के चेंबर आधुनिक सज्जा से लकदक चमक रहे थे। उनके शुभचिंतक मुँहलगे मातहतों ने कहा, "सर! आपको खुद के लिए सुविधाएँ माँगनी ही नहीं

आतीं, जबकि ये आपका अधिकार है। कनीय अफसर को प्राथमिकता और आपके साथ ऐसा भेदभाव!" विद्यानंदजी ने मोहविहीन होने का दावा करके कहा कि सुविधाओं से मोह न करके अपना काम ठीक से करना उनका उद्‌देश्य है। लेकिन अपने दिल को टटोलने पर एक खलिश-सी वहाँ दिखती, पर इसके लिए कोई समझौता उन्हें मंजूर नहीं था।

सत्यनिष्ठा उनके स्वभाव में थी, परिवार में पूर्वजों से विरासत में मिली थी। और इसका ढोल पीटने का उन्हें कोई शौक न था। पर कुछ कद्रदान अफसर उनके इस गुण को खास अवसरों पर उपयोग में लाने का प्रयास कर बैठते थे, जहाँ भी ऐसा करना आवश्यक या फायदेमंद लगे।

जैसे कि उनके नए सचिव महोदय! वे सालों से बोर्ड में रुकी पड़ी प्रोन्नति देकर वहाँ के सात-आठ सौ कर्मचारियों की लंबे समय की माँग पूरी करना चाहते थे, ताकि कर्मचारियों का मनोबल ऊँचा हो, क्योंकि माध्यमिक परीक्षा करीब थी और कोविड से गड़बड़ाए परीक्षा कैलेंडर को सही ट्रैक पर लाने के लिए तेजी से एवं रात-दिन एक कर काम करना जरूरी था और उसके लिए कर्मियों का मनोबल ऊँचा रखना आवश्यक था।

बोर्ड में प्रोन्नति मेरिट पर देने का नियम था और जरा भी पक्षपात की गंध कर्मचारियों के विभिन्न गुटों को प्रशासन पर आक्षेप लगाने का मौका दे देती।

इसलिए सचिव महोदय ने एक दिन सुबह साढ़े नौ बजे ही विद्यानंदजी को बुलावा भेजा। प्रणाम-पाती के बाद सचिव महोदय ने अपना आशय स्पष्ट किया, "शर्माजी, मैं विभिन्न पदों पर प्रोन्नति

के लिए परीक्षा संचालित करने, परिणाम निकालने एवं वरीयता क्रम निर्धारित करने का दायित्व आपको देना चाहता हूँ। अगले पंद्रह दिनों के अंदर यह काम आप कृपया निष्पादित कर दें।"

शर्माजी ने चौंककर कहा, "सर, यह पूरी प्रक्रिया का चार्ज मुझे ही दे रहे हैं? कम-से-कम परीक्षा और रिजल्ट दो अलग-अलग पदाधिकारियों के प्रभार में दिया जाए। यह एक संवेदनशील कार्य है।"

"नहीं विद्यानंदजी, प्रश्न-पत्र सेट करने से लेकर कॉपियाँ जाँचने और वरीयता सूची बनाने का काम व्यक्तिगत रूप से सिर्फ और सिर्फ आपकी जिम्मेदारी होगी, क्योंकि आपकी ईमानदारी पर कोई सवाल नहीं उठा सकता। आप मेरे परिचय में एकमात्र वह व्यक्ति हैं, जो दूसरों के लिए तो क्या खुद के लिए भी बेईमानी नहीं करेगा। देखिएगा, इस कार्य के बाद आपकी निष्पक्षता के कारण आपका सुनाम और फैलेगा।"

विद्यानंदजी कृतकृत्य हो गए, गद्गद हो गए और पूरी उमंग से, जोश से प्रश्न-पत्र सेट करने में उसी दिन लग गए। टिप्पणी और प्रारूप लिखना, आवेदन-पत्र लिखना, कंप्यूटर सक्षमता, सामान्य ज्ञान आदि से संबंधित अलग-अलग लेवल के प्रश्न-पत्र थे। उनके करीबी कर्मचारियों ने लाख कुछ क्वेश्चन उनसे निकलवाने की कोशिश की, पर उन्होंने किसी को भनक तक न लगने दी कि प्रश्न-पत्रों में क्या है। दो-तीन दिनों में परीक्षा संचालित कराके हफ्ते भर में रिजल्ट भी निकाल दिया। ऑफिस के कई धुरंधर एक्जाम में फेल हो गए थे और मेहनती कर्मचारी पास हो गए थे।

परंतु परीक्षा देने वालों में पाँच वर्षों से उनके निजी कोषांग

की अनुसेवक रही श्रीमती रेनु देवी भी थी। रेनु देवी बोलने में तुर्श और तेज-तर्रार मध्य वयसी महिला थी और उपसचिव श्री विद्यानंद शर्मा को भी वह ज्यादा कुछ समझती नहीं थी, बस बॉस होने के चलते उन्हें झेल जाती थी। दिन भर फाइलें इधर-उधर पहुँचाने में हालाँकि वह तत्पर रहती। कार्यालय कक्ष जमीनी और प्रथम तल पर बने हुए थे और वह कई बार प्रथम तल तक सीढ़ियाँ चढ़ती-उतरती रहती। उसके मेहनती स्वभाव की विद्यानंदजी भी कद्र करते थे।

जब प्रोन्नति की परीक्षा संचालित होने की बात उठी तो पति की मृत्यु के बाद अनुकंपा पर नियुक्त रेनु देवी को दूसरे कर्मचारियों ने समझाया कि जब उसी के साहब पर परीक्षा करवाने और परिणाम निकालने की जिम्मेदारी है, सारा पावर ही उन्हीं के पास है, तब उसकी तरक्की लोवर डिवीजन क्लर्क के पद पर जरूर हो जाएगी।

यह सुनकर रेनु देवी ने उम्मीद पाल ली कि अब उसकी घिसाई के दिन खत्म हुए; अब वह भी स्टूल की जगह कुरसी-टेबल की हकदार होगी और फाइलें ढोने के बजाय फाइलों पर लिखा करेगी।

लेकिन रिजल्ट आने पर उसकी उम्मीदों पर तुषारापात ही नहीं हुआ, बल्कि कई घड़े पानी पड़ गया। कार्यालय में दो संयुक्त सचिव एवं दो उपसचिव कोषांग थे। उनमें से एक कोषांग के अनुसेवक की तरक्की एल.डी.सी. के पद पर हो गई थी। कार्यालय के अन्य तीन-चार अनुसेवक भी प्रोन्नत हो गए थे। जबकि रेनु देवी अनुचर-की-अनुचर ही रह गई। उसकी दूसरी चपरासी किरानी सहेलियों ने रिजल्ट घोषित होने के बाद लंच टाइम में इकट्ठे होने पर जमकर उसके कान भरे और उसके साहब की भरपूर निंदा की, "ऐसी ईमानदारी भला

किस काम की कि अपनों का बुरा करें, परायों का भला करें। ईमानदार नहीं, वज्र-मूर्ख हैं तुम्हारे साहब! अपनी शोहरत के लिए तुम्हें फेल कर दिया। हद है स्वार्थ की! झूठ ही बड़ाई होती है बुढ़ऊ की।" रेनु देवी लंच टाइम में पेट के साथ दिमाग भी भर लाई और अब ब्लास्ट करने को तैयार थी।

जैसे ही तीन बजे, साहब लंच के बाद घर से आकर चेंबर की कुरसी पर विराजमान हुए, रेनु देवी ने उन्हें सामने से आकर ललकारा, "साहब, आपने हमें फेल कर दिया, हमारी तरक्की नहीं होने दी? जबकि हमारे पूरे पच्चीस सवाल बिल्कुल सही बने तब कैसे हम फेल हुए?"

रेनु देवी का गरम लहजा देखकर शर्माजी ने पहचाना कि इसके पीछे मुश्किल से मिला तरक्की का मौका चूक जाने का दर्द है। उन्होंने समझाने की कोशिश की, "रेनु देवी! देखो, वे पच्चीस सवाल तो बहुविकल्प वाले, सामान्य ज्ञान के आसान से सवाल थे, जो मुझे पता है, सबने एक-दूसरे से पूछ के लिख लिये थे। पर लिखित प्रश्नों में तुम्हारे सारे अंक कट गए।"

"फिर वर्मा साहब का अनुसेवक कैसे पास हो गया साहब?"

"क्योंकि उसे लिखना आता है, रेनु देवी! कल को एल.डी.सी. बनकर वह थोड़े प्रशिक्षण के बाद फाइल पर टिप्पणी लिख सकेगा, पत्र ड्राफ्ट कर सकेगा। तुम तो एक पंक्ति क्या, एक शब्द भी शुद्ध नहीं लिख पाती हो। क्लर्क का काम तुमसे नहीं हो पाएगा, रेनुजी!"

रेनु देवी को यह तार्किक बातें बिल्कुल पसंद नहीं आईं।

निहायत गरम लहजे में वह धाराप्रवाह शुरू हो गई, "साहब, आप बात न बनाइए। अपने अनुसेवक को तरक्की नहीं देकर दूसरे

के अनुसेवक को आप तरक्की देते हैं। एकदम भ्रष्ट-बुद्धि हैं आप। सब आपका ठीक ही मजाक उड़ाते हैं कि अपना काम ठीक से करना आपको आता ही नहीं। इसलिए ईमानदारी का ढोंग रचाते हैं। यह कौन ईमानदारी हुई कि पाँच साल से सेवा करें हम और हमारा ही प्रमोशन नहीं होने दिया? कोई काम ठीक से करना नहीं आता आपको, इसीलिए पहले वाले सचिव आपको कोई काम नहीं देते थे। नहीं देते थे तो बहुत ठीक करते थे, वरना उनके दिए सारे काम आप बिगाड़ देते।"

रेनु देवी को तेज-तेज बोलते सुनकर कई कर्मचारी चेंबर के दरवाजे पर इकट्ठा हो गए। कुछ ने समझाने की कोशिश की तो बकते-झकते रेनु देवी बाहर गई।

विद्यानंदजी के पी.ए. ने अंदर आकर कहा, "साहब, इस महिला के खिलाफ अनुशासनिक काररवाई के लिए लिख दीजिए।" विद्यानंदजी का चेहरा फीका पड़ा हुआ था।

कनीयतम कर्मचारी द्वारा दुत्कारे जाने का अपमान मात्र नहीं था यह। अपने सारे उत्साह, प्रयत्नों की ईमानदारी पर पानी फिरने का, मिट्टी पड़ जाने का पछतावा भी था। उन्होंने धीरे से कहा, "जाने दो भाई, पहले ही मेरे चलते उसकी तरक्की की उम्मीद टूट गई, अब क्या उसे सस्पेंड भी करा दूँ?" पी.ए. ने कहा, "सर, आप नरम पड़ जाते हैं, इसलिए लोग कुछ भी बोलकर निकल लेते हैं।"

"अब अंतिम छह महीने नरम होऊँ या गरम, क्या फर्क पड़ने वाला है? आज तो ईमानदारी का भरपूर प्रतिदान मिल गया जिल्लत और गालियों के रूप में। इस व्यवस्था में ईमानदारी का यही असली मूल्य और असली कद्र है, जिसे अन्य लोग थोड़ा ढाँक-छुपाकर देते

थे; वे सभ्य तरीकों से अवमानना करते थे। रेनु देवी ने उसे खोलकर बता दिया। इसमें उसका क्या दोष?"

निस्पृह स्वर में यह कहकर श्री विद्यानंद शर्मा उपसचिव अपने सत्यनिष्ठ स्वभाव का सही मूल्यांकन स्वीकार करते हुए अपने रूटीन कामों में लग गए, बचे हुए अगले छह महीने काटने तक।

□

10

जीत की हार

जब सरिता अपने कस्बे में अवस्थित प्रखंड स्तर के सरकारी कार्यालय में बीस हजार रुपए प्रतिमाह पर डेटा एंट्री ऑपरेटर की नौकरी कॉन्ट्रैक्ट पर पा गई तो सिर्फ वही नहीं, उसके पूरे परिवार के निम्न मध्यम वर्गीय सपने मानो साकार होते दिखे। सरिता का पति मोहन स्वयं भी एक कंप्यूटर ऑपरेटर था। संविदा पर नौकरी लगते ही उसकी शादी हुई, पर पत्नी मात्र इंटर पास थी। साल गुजरते-न गुजरते वह एक बच्चे की माँ भी बन गई तो खर्चों में तंगी का अनुभव होने लगा।

सरिता को भले ही अच्छी पढ़ाई का मौका न मिला हो, परंतु आजकल की लड़कियों की तरह कुछ करने और बनने की उच्चाकांक्षा थी। पति ने उसे कंप्यूटर सिखाकर सरकारी नियोजन संस्थान में रजिस्ट्रेशन करा दिया और उसकी भागदौड़ के नतीजे में उसकी प्रखंड कार्यालय में नियुक्ति भी हो गई।

घर में सास-ससुर के भरोसे डेढ़ वर्षीया बेटी को छोड़कर वह दस से पाँच की नौकरी बजाने लगी। घर में एक की जगह दो वेतन आने लगे तो जीवन अधिक सुविधामय हुआ।

परंतु वह जीवन ही क्या, जो हर नए मोड़ पर कोई आश्चर्यप्रद दृश्यावली प्रस्तुत न कर दे! जीवन के इस मोड़ को जब वह निरापद, सुविधाजनक समझकर उत्फुल्ल थी, उसी समय सामने बॉस नामक वह अबूझ प्राणी दृश्यपटल पर अवतरित हुआ, जिससे निबटने का प्रशिक्षण उसकी पच्चीस सालों की जिंदगी में उसे कभी मिला नहीं था।

जीवन जीने का सारा प्रशिक्षण उसकी माँ ने रोटी-कपड़े-मकान का प्रबंधन सिखाने में ही सिमटा दिया था और बाद में पति ने कंप्यूटर प्रशिक्षण में, पर यह बॉस जो अपनी कंजी आँखों से घूरता उसके वर्कस्टेशन के निकट आ खड़ा होता, वह तो बिल्कुल ही एक नई चीज था। पुरुष जाति के नमूनों ने जीवन में पहले भी डराया था, छेड़खानियाँ की थीं। यह तो किसी आम लड़की के जीवन की तरह उसके जीवन में भी था, पर तब कतराकर बच निकलने का विकल्प होता था। लेकिन इन घूरती कंजी आँखों और व्यंग्य भरे बोलों से बच निकलने का विकल्प कहाँ था।

सुबह-सुबह सरिता अपनी बच्ची गुड़िया को दूध पिलाकर घरवालों के लिए भोजन तैयार करती, फिर जल्दी-जल्दी तैयार होकर गुड़िया को कुछ खिलाती और सारे इंतजाम के साथ उसे सास को सौंपकर ऑफिस के लिए ऑटो पकड़ती, कभी मोहन स्कूटर पर बिठाकर छोड़ आता। ऑफिस में बायोमेट्रिक उपस्थिति लगाकर जैसे ही वह कंप्यूटर टेबल पर अपना सिस्टम ऑन करती, प्रायः साहब का बुलावा लेकर अनुसेवक आ पहुँचता, "मैडम, साहब याद कर रहे हैं।" शुरू में वह सोचती सच में कोई जरूरी असाइनमेंट देना होगा। कमरे में दाखिल होते ही रिवॉल्विंग कुरसी को घुमाते हुए साहब

मुसकराकर बगल वाली कुरसी पर बैठने का इशारा करते, यद्यपि कनीय कर्मचारी होने के कारण उसे सामने बैठना चाहिए था।

साहब की बातें अकसर कुछ इस लाइन पर होतीं, "काम का बहुत लोड तो नहीं ले रही हो। अरे भाई, खुश-खुश दिखा करो। आजकल की महिलाओं को यही तो भारी परेशानी है। घर-बाहर दोनों ही सँभालने होते हैं। पर मैं तुम्हारा खयाल रखूँगा कि तुम पर ज्यादा भार न पड़े। अच्छा आज मुख्यालय को जो मासिक प्रतिवेदन भेजना है, उसे सहायक से लेकर बारह बजे तक तैयार कर लेना और ऑनलाइन भेजने से पहले मुझसे सहमति ले लेना।"

शुरुआत के दिनों में सरिता प्रसन्न होती थी कि बॉस सहृदय हैं। फिर एक दिन काम के बहाने बुला वे उसके स्वास्थ्य को लेकर उसे अपनी विशिष्ट सलाहों से नवाजने लगे, "सरिता, तुम्हें अपनी हेल्थ का खयाल रखना चाहिए, बहुत दुबली हो गई हो।"

सरिता ने आदरपूर्वक कहा, "ऐसा कुछ नहीं है सर, मैं बिल्कुल ठीक हूँ।"

"नहीं, यह नहीं चलेगा। अभी तो तुम जवान लड़की हो, अभी तो शरीर हरा-भरा होना चाहिए और चेहरा गुलाबी," कहकर वे मक्कारी से हँसने लगे और सरिता अवाक् होकर उनको देखने लगी, उनकी आँखों में एक धूर्त चमक थी और होंठों पर सड़क छाप हँसी। उसने तत्काल उठते हुए कहा, "मैं अब जाऊँ सर, अभी बड़े बाबू ने एक पत्र टाइप करने के लिए दे रखा है और अजितजी का भी कुछ काम है।"

"अरे बैठो! और वह अजित तुम्हें काम क्यों देता है? वह तो तुम्हारे सेक्शन में नहीं है।" साहब को पता नहीं क्यों अजित से चिढ़ थी? वह कर्मचारी संघ का मुखर प्रवक्ता था, शायद इसलिए।

सरिता इन मामलों में उलझना नहीं चाहती थी, चुपचाप हर रोज का काम खत्म कर वह अपनी गुड़िया के पास जाना चाहती थी। पर साहब थे कि बहाने-बहाने से शाम को देर तक रोक लेते। धीरे-धीरे उनकी हिम्मत बढ़ती गई। बार-बार अपने केबिन में बुलाते, काम की बातों के बीच उसकी सुंदरता, उसके कपड़ों की प्रशंसा करने लगते बिना इसकी परवाह किए कि सामने वाला न सिर्फ असहज हो रहा है, बल्कि उनके लिए वितृष्णा अनुभव कर रहा है।

शाम को घर आने के बाद या छुट्टी के दिन उसे फोन करना भी उन्होंने शुरू कर दिया। कुछ छूटे हुए कामों या अगले दिन के काम की याद दिलाते, फिर किसी फालतू सी गप पर उतर आते, जैसे—"कल तुम साड़ी पहनकर आना, मुख्यालय से इंस्पेक्शन टीम आने वाली है।" वह कुढ़ जाती, मन-ही-मन सोचती, क्या हेडक्वार्टर की टीम फील्ड विजिट के लिए नहीं, कर्मचारियों के ड्रेसिंग सेंस का मुआयना करने आ रही है।

उसका पति मोहन इन फोन कॉल्स से चिढ़ने लगा, भला इतना बड़ा ऑफिसर एक डेटा एंट्री ऑपरेटर को ऑफिस टाइम के बाद किसलिए फोन करता है! सरिता खुलकर सारा माजरा मोहन पर स्पष्ट नहीं कर पा रही थी। डर था, कहीं मोहन नाराज होकर इतनी मुश्किल से मिली नौकरी ही न छुड़वा दे। उधर ऑफिस में भी यही डर, ज्यादा कुछ विरोध किया—जो करने का मन तो बेतहाशा और लगातार हो रहा था तो कॉन्ट्रैक्ट आधारित उसकी नौकरी मिनटों में जा सकती थी। उसकी नौकरी की शर्तों में यह शामिल था कि—'सेवा अंसतोषजनक पाए जाने पर कॉन्ट्रैक्ट तुरंत समाप्त किया जा सकेगा।' इसलिए वह बॉस तो दूर ऑफिस में किसी से भी पंगा नहीं लेना चाहती थी। वह

चाहती थी, शांति से उसे दिया गया काम वह करे और समय से घर जाकर दिन भर को बिछुड़ी अपनी गुड़िया को कलेजे से लगा ले। वह गुड़िया को गोद में सुलाते मन-ही-मन उससे कहती, 'बच्चे, मैं तुम्हें यहाँ छोड़कर इतना सारा समय नौकरी को देती हूँ, ताकि तुम एक दिन अच्छे स्कूल में पढ़ो, एक दिन कुछ बनकर दिखाओ। पैसों की ऐसी कमी तुम्हें कभी न हो कि किसी का जुल्म मुँह सीकर सहना पड़े।'

फिर एक दिन वह कांड हुआ, जो उसके लिए असहनीय था। साहब को एक सरकारी योजना की महिला लाभार्थियों की शिकायत की जाँच के लिए पास के गाँव जाना था। उन्होंने सरिता को इस आधार पर साथ ले लिया कि उसे स्थानीय भाषा आती थी, जो साहब को नहीं आती थी। दूसरे एक महिला की उपस्थिति में शिकायतकर्ता महिलाएँ ज्यादा सहज रहतीं। जाँच पूरी कर गाँव की सँकरी ऊबड़-खाबड़ सड़क से वे लौट रहे थे। गाड़ी में उनके अतिरिक्त सिर्फ ड्राइवर था और बैक सीट पर वे दोनों। साहब ने अपनी बगल में अपना बैग व फाइलें रखवा ली थीं, जिससे वे सरिता के निकट बैठ सकें और शीघ्र ही वे सरिता के करीब बैठने का प्रयास करने भी लगे। सरिता गाड़ी के दरवाजे की तरफ और सरक गई तो वे पूरी तरह उसकी तरफ सरक आए और उससे सटकर बैठ गए। सरिता ने बौखलाकर कहा, "सर, प्लीज ठीक से बैठें!" और अपने और उनके बीच अपना बड़ा सा पर्स अड़ा दिया।

शायद उन्हें उम्मीद न थी कि यह दब्बू-सी लड़की इतने जोर से बोल पड़ेगी। ड्राइवर की उपस्थिति में शायद उन्हें शर्मिंदगी अनुभव हुई और वे दूसरी तरफ सरक गए। बाकी सारा रास्ता निस्तब्ध शांति में कट गया, परंतु सरिता का अंतर्मन अपमान एवं विवशता से आलोड़ित

होता रहा। कार्यालय पहुँचकर वह मन को किसी तरह शांत कर अपने काम में लग गई, परंतु शाम चार बजे तक उसके टेबल पर अनुसेवक ने एक मेमो लाकर रख दिया। उसमें एक दिन पहले कार्यालय के समय में गायब रहने का आरोप लगाते हुए उसका कारण स्पष्ट करने का निर्देश दिया गया था। एक दिन पहले उसकी बेटी को डायरिया हो गया था, जिसकी सूचना फोन पर मिलने पर वह घबरा गई थी। तब अजित ने उसे अपने स्कूटर पर बिठाकर घर पहुँचाया था। बच्ची को डॉक्टर को दिखाकर दवा, ओ.आर.एस. देकर वह तीन बजे तक कार्यालय वापस आ गई थी।

वह यह मेमो लेकर अजित के पास उठकर गई और कहा, "देखिए, यह मुझे अभी मिला है जबकि कल मैं बड़े बाबू से अनुमति लेकर इतनी परेशान हालत में घर गई थी। साहब तो ऑफिस में थे नहीं, जो उनसे बोलती।" अजित बोला—"तो जाकर अब उन्हें बता दो कि कल बच्ची की तबीयत खराब थी।"

"नहीं, अब मैं उनके पास नहीं जाऊँगी, आज जो हरकत उन्होंने की, उसके बाद तो कदापि नही।" यह कहते हुए सरिता की आँखों में आँसू भर आए।

"अरे, पर क्या हुआ है? उन्होंने कुछ किया है क्या?" अजित स्थिति भाँप गया। सरिता ने उसे आज जो हुआ था, वह बताया तो वह विरक्त होकर बोला, "जब तक तुम सहती रहोगी, वह तुम्हें इसी तरह तंग करेगा, यह मेमो तो बस शुरुआत है, आगे-आगे देखिए और क्या-क्या होता है।"

"तो मैं अब क्या करूँ?"

वह बोला, "जिला स्तर पर ऐसे मामलों की सुनवाई के लिए

समिति बनाई गई है, वहाँ तुम्हें तुरंत शिकायत करनी चाहिए। आखिर ये कानून और समितियाँ किस दिन के लिए हैं, यदि आज भी महिलाओं को यह सब सहना पड़े।"

"मैं इन झंझटों में पड़ना नहीं चाहती थी, मुझे यों ही अपनी बच्ची की देखभाल के लिए समय कम मिलता है।"

अजित ने दार्शनिक अंदाज में कहा, "वह शेर सुना है तुमने 'कुछ न कहने से भी छिन जाता है एजाज-ए-सुखन, जुल्म सहने से भी जालिम की मदद होती है।' बस तुम्हें थोड़ा वक्त देना पड़ेगा इस लड़ाई के लिए और तुम्हारी जीत दूसरी कामकाजी महिलाओं की राह भी आसान करेगी।"

उसने खोज-ढूँढ़कर स्थानीय शिकायत समिति की महिला अध्यक्ष का फोन नंबर निकाला और उनसे फोन पर समय लेकर उसी शाम वह कार्यालय से निकलने के बाद जिला मुख्यालय सरिता को ले गया और उसकी शिकायत दर्ज हो गई। उसके बाद के कई दिन ऑफिस में बेहद तनावपूर्ण माहौल में गुजरने ही थे।

समिति की तरफ से नोटिस मिलने के बाद वह जालिम सरिता और अजित के पीछे हाथ धोकर पड़ गया था। ऑफिस के एक गुट को समझा-बुझाकर उसने इनके खिलाफ किया और वे सब इन पर अकसर टीका-टिप्पणियाँ करते। समिति के सामने सुनवाई के दौरान भी उन्होंने सरिता और अजित के आपसी संबंध पर प्रश्न उठाए और उनके चरित्रहनन की कोशिश की, परंतु अंततः फोन कॉल डिटेल्स के आधार पर साहब का दोष बखूबी प्रमाणित हो गया। समिति ने उन पर दो लाख रुपए का जुरमाना लगाया और उनके विभागीय मुख्यालय को उन पर अनुशासनिक काररवाई करने की अनुशंसा भेज दी। इस

अनुशंसा के कारण विभागीय मुख्यालय द्वारा भी जाँच कराई गई और जाँच के आधार पर आनन-फानन में साहब का स्थानांतरण कर दिया गया।

परंतु विभागीय जाँच के बाद सरिता पर भी प्रश्नचिह्न खड़े कर दिए गए। इस जाँच की रिपोर्ट में कहा गया कि उस प्रखंड कार्यालय का माहौल खराब हो चुका है। सभी कर्मचारी कोई इसका, कोई उसका पक्ष लेने में संलग्न हैं, जिसका दुष्प्रभाव कार्य-संस्कृति पर पड़ रहा है। ऐसे में सरिता के कॉन्ट्रैक्ट का नवीनीकरण न किया जाए और यदि किया भी जाए तो उसे किसी दूसरी जगह पोस्ट कर दिया जाए।

अजित का स्थानांतरण भी अन्य जिले में कर दिया गया और सच का साथ देने के लिए खुद को कोसते हुए, अपने वृद्ध माता-पिता को पैतृक घर में यहीं छोड़कर उसे नई पोस्टिंग पर रवाना होना पड़ा। सरिता उसे समस्या में डालकर अपराध भावना से भर गई थी, पर जब उसकी खुद की पोस्टिंग भी पड़ोसी जिले के विभागीय कार्यालय में कर दी गई तो वह किंकर्तव्यविमूढ़ रह गई। उसके पति मोहन ने कहा कि उसे मुख्यालय में जाकर विभागीय सचिव के पास अपनी बात रखनी चाहिए।

मोहन को अपने ऑफिस से छुट्टी नहीं थी। वह सुबह-सुबह सरिता को राजधानी जाने वाली बस में बिठा आया। चिलचिलाती गरमी में तीन घंटे का सफर तय कर जब वह मुख्यालय ऑफिस पहुँची तो उसे दो घंटे और वहाँ इंतजार करवाया गया। वह प्रतीक्षा कक्ष में बैठे-बैठे चिंतित होती रही कि संध्या में वह जाने कितने बजे तक घर लौट पाएगी।

आखिरकार जब उसे अंदर बुलाया गया तो सचिव की सख्त मुखमुद्रा देखकर वह सहम गई। जाने कितनी तो बातें थीं जिन्हें वह कहना चाहती थी—सारी पारिवारिक समस्याएँ, अभी वह अपने घर में रहती है, नई जगह पर अपने कम वेतन से उसे मकान का किराया भी भरना होगा, अपनी दो साल की बेटी की देखभाल वह अकेले कैसे करेगी? सास अपना घर छोड़कर नए शहर में उसके साथ जाएँगी नहीं। आखिरकार उसका तो कोई दोष इस मामले में था नहीं, लेकिन सजा तो उसे भी मिल गई है। लेकिन सचिव अधैर्य से सिर हिलाते रहे, वह अधिक बातें नहीं सुनना चाहते थे। कार्य-संस्कृति महत्त्वपूर्ण है, उनके अधीन कार्यालयों में वह कदापि खराब नहीं होनी चाहिए।

इसके बाद भी कुछ दिनों तक सरिता ने राजधानी के अन्य कार्यालयों के चक्कर लगाए। जिस कार्यालय द्वारा उसका रजिस्ट्रेशन किया गया था, वहाँ जाकर दुखड़ा रोया। महिलाओं पर कार्यस्थल में उत्पीड़न की रोकथाम संबंधी कानून के कार्यान्वयन के लिए जिम्मेदार संस्थान में भी वह गई, पर किसी ने उसे संस्थान के हेड से मिलने ही नहीं दिया। एक मध्य स्तर के पदाधिकारी ने उसे कोर्ट जाने की सलाह दी, जो उसके पास वक्त और पैसे के नितांत अभाव को देखते हुए मजाक से अधिक उसे कुछ भी न लगा।

कुछ लोगों ने उसे कृपापूर्वक थोड़ा वक्त देकर सुना, थोड़े आश्वासन भी दिए। पर वे आश्वासन फलीभूत नहीं हुए, क्योंकि आश्वासन देने वाले दूसरे जरूरी कामों में भी व्यस्त रहते थे, जैसे महिला उत्पीड़न रोकथाम कानून पर वर्कशॉप और सेमिनारों का आयोजन, जिसमें राष्ट्रीय-अंतरराष्ट्रीय स्तर के कानूनविद्, एक्टिविस्ट

और पत्रकार गरिमामय हैंडिक्राफ्ट की साड़ियों और सूट में सजकर शानदार मेनू वाले लंच और हाई-टी के साथ महिला उत्पीड़न पर सारगर्भित, संवेदनशील वक्तव्य देते हैं और गुरुगंभीर चर्चाएँ करते हैं। एक अकेली लड़की की बात इतनी व्यस्तताओं के बीच भला कौन याद रखता?

उसे पता था, उसकी पीठ मुड़ते ही कुछ लोग हँसना शुरू कर देते थे। उसके अत्यधिक संवेदनशील बन गए कानों ने कई बार सुना कि गलती इसकी भी रही होगी, काम के वक्त छुट्टी मारना महिला कर्मचारियों की आदत होती है। बॉस ने सख्ती की होगी तो उसे ट्रैप करवा दिया। अब भरता रहे बेचारा लाखों का जुरमाना। कोई अपना जीवन दर्शन बताता—"मैं तो महिला कर्मचारियों से दूर ही रहता हूँ, जाने किस कांड में नाम को बट्टा लगा दें, अपनी इज्जत अपने हाथ।"

थक-हारकर सरिता इन चुभती निगाहों और बातों से डरकर घर पर बैठ गई। दूसरे शहर जाना मुमकिन नहीं था, नौकरी छूट गई। मोहन ने इतनी मुश्किल से जुटाई गई नौकरी के जाने और व्यर्थ की बदनामी कमाने को लेकर अपनी झुँझलाहट उस पर गाहे-बगाहे व्यक्त करनी प्रारंभ कर दी थी। पैसों की तंगी हुई तो घर के अन्य सदस्य भी नाखुश हो गए। अब इस विवाद के उसके साथ चिपक जाने के बाद नई नौकरी भी मिलनी मुश्किल थी। सरिता बस चुप-चुप सी घर के काम निबटाती जाती, शदीद तनाव और सिरदर्द झेलते हुए, सोचते हुए कि पता नहीं कैसे कानून बनाए गए हैं महिला उत्पीड़न रोकने के लिए, जिनका पालन बस दिखावे के लिए होता है! पर उन कानूनों की मूल भावना का इस तरह ध्वंस किया जाता है कि पीड़ित जीतकर भी हार

जाए। भला उसकी परिणति देखकर अब वह कौन महिला होगी जो ऐसे कानूनों का सहारा लेने जाएगी। उसके पास तो बस दो ही रास्ते होंगे—या तो वह काम छोड़कर घर बैठ जाए या फिर ऐसे शोषकों की खुद मरम्मत कर उनका सुधार कार्यक्रम पूर्णरूपेण संपन्न करे, क्योंकि ऐसे नियम-कानून और ऐसी व्यवस्थाएँ किस काम की, जो समस्या का एकांगी समाधान करें!

□

11

अनुभव की सीख

उस रात जो अचानक वह आपदा न आती तो सात्यकि की आँखें बहुत सारी वास्तविकताओं की ओर खुलनी ही नहीं थीं। घर की लगभग पचास वर्षीया घरेलू सहायिका मीना की तबीयत रात को आठ बजे अचानक खराब हो गई। उसने कराहते हुए आकर सीने में दर्द की शिकायत की थी। दिसंबर का अंतिम हफ्ता चल रहा था। हलकी बूँदा-बाँदी भी हो रही थी, जिससे ठंड और बढ़ गई थी। ऐसे में पापा सरकारी दौरे पर तीन दिनों से बाहर थे।

सात्यकि एम.बी.बी.एस. द्वितीय वर्ष का छात्र होने के कारण मीनाजी की अवस्था कुछ-कुछ समझ पा रहा था। उसे हार्टअटैक का संदेह था। उसने अपनी माँ से कहा कि मीनाजी को लेकर वह स्वयं ड्राइव करते हुए हॉस्पिटल जाएगा। माँ उसके अकेले ड्राइव करने पर चिंतित होती थीं, पर मीना की हालत देखकर उन्होंने कोई आपत्ति नहीं की।

लेकिन सात्यकि की सहायता के लिए उसके पचहत्तर वर्षीय बाबा भी जिद करके साथ हो लिये। उन्होंने माली राजू को भी साथ ले

लिया। रास्ते में उन्होंने कहा कि ऐसी स्थिति में थोड़ी जान-पहचान होना हॉस्पिटल में सुविधाजनक रहेगा। उनके घर के करीब ही दो लेन के बाद वर्माजी का घर था, जो बाबा के कॉलेज के जमाने के साथी थे। उनकी छोटी बेटी नमिता शहर के बड़े सरकारी हॉस्पिटल में हॉस्पिटल मैनेजर के पद पर थीं। बाबा ने उन्हें फोन लगाया तो उधर से आश्वस्त किया गया कि यद्यपि वह उस वक्त अस्पताल में नहीं थीं। परंतु वह ड्यूटी पर मौजूद चिकित्सक को कह देंगी।

अस्पताल पहुँचने पर वहाँ सर्वत्र व्याप्त गंदगी और भीड़ देखकर सात्यकि को आश्चर्यमिश्रित वितृष्णा हुई। उसे अपने मेडिकल कॉलेज के हॉस्पिटल की स्मृति हो आई और उसका मन यहाँ की प्रत्येक कुव्यवस्थाजनित कमी की तुलना अपने हॉस्पिटल की सुविधाओं और वहाँ के स्टाफ की दक्षता से करने लगा।

ट्रायज काउंटर के पास किसी तरह एक कुरसी पर अपने बाबा के बैठने की व्यवस्था कर उसने वहाँ मीनाजी की जाँच करवाने का प्रयास किया, परंतु वहाँ से उसे बिना किसी जाँच के ही ट्रायज काउंटर के पीछे खड़े सज्जन ने मेडिकल इमरजेंसी की ओर जाने को कहा अर्थात् ट्रायज के द्वारा प्राथमिकता निर्धारित करने का कार्य हुआ ही नहीं। मेडिकल इमरजेंसी में अनेक मरीज इधर-उधर पड़े थे और ट्रायज की तरह इमरजेंसी शब्द की सार्थकता भी नदारद हो गई थी, क्योंकि डॉक्टरों के पास मरीजों की लंबी कतार थी। उन तक पहुँचने में ही मरीजों को न जाने कितना समय लगना था। नमिता वर्मा का रेफरेंस देकर सात्यकि एक डॉक्टर के पास अपने मरीज को पहुँचाने में सफल रहा तो उसने पाया कि वह अपनी अतिव्यस्तता के कारण मरीजों के परीक्षण में अतिशय जल्दबाजी बरत रहे थे। सात्यकि के यह

बताने पर कि वह खुद एक मेडिकल छात्र है, वह थोड़ा सचेत हुए। सीने के दर्द से परेशान मरीज को वह स्ट्रेचर के बजाय पैदल ही कुछ कमरे पार करवाकर ई.सी.जी. मशीन तक ले गए। ई.सी.जी. में दिखी समस्याओं के संदर्भ में उन्होंने कुछ और टेस्ट तथा इमरजेंसी दवाएँ पुर्जे पर लिखीं, जिनमें से कोई भी दवा इमरजेंसी विभाग में उपलब्ध नहीं थी। इमरजेंसी के बाहर एक ग्रिलवाली खिड़की की ओर गार्ड द्वारा इशारा करने पर सात्यकि वहाँ गया तो विक्रेता ने उसे दो बोतल आई.वी. फ्लूइड के थमाए और कहा कि बाकी दवाएँ उसे बाजार से लेनी होंगी।

सात्यकि सोच में पड़ गया। रात के दस बजे वह दवाइयाँ कहाँ से लाए? तभी नजदीक ही खड़ा कुरता-पाजामा पहने एक अधेड़ व्यक्ति उसकी ओर बढ़ आया। उसने कहा, "आप कहिए तो ये सारी दवाइयाँ पास की ही एक दुकान से दिला दूँ। बस आपको साथ चलना पड़ेगा।"

मीनाजी की तकलीफ को याद कर सात्यकि उसके साथ चल पड़ा, क्योंकि वह और समय गँवाना नहीं चाहता था। वह उसे अपनी बाइक पर बिठाकर कई गलियाँ पार कराते हुए एक मेडिसिन स्टोर पर ले गया, जहाँ सारी दवाइयाँ मिल गईं, पर उसके लिए उसे आठ हजार रुपए चुकाने पड़े।

सात्यकि जानता था कि इंस्टेमी के मरीजों का ट्रॉप टी टेस्ट बेड पर तुरंत करना होता है तथा एस्पिरिन, क्लापिडोग्रेल एवं अटोरवास्टेटिन जैसी दवाएँ तो तुरंत ही देनी होती हैं। अस्पताल से दूर किसी स्टोर से दवाएँ लाकर मरीज को देना तो किसी क्रिटिकल मरीज के लिए घातक सिद्ध हो सकता है।

खैरियत थी कि मीना के साथ कुछ इतना बुरा तो नहीं हुआ, पर जब सात्यकि दवाएँ लेकर वापस हॉस्पिटल आया तो उसने पाया कि उनका रक्तचाप बहुत ऊँचा चला गया था, जिस पर तुरंत नियंत्रण आवश्यक था वरना हार्ट फेलियर की स्थिति बन सकती थी।

इसके लिए डॉक्टर साहब ने निदान दिया कि नाइट्रोग्लिसरीन 100 माइक्रोग्राम प्रत्येक मिनट की रेट से ऑटोमेटेड इन्फ्यूजन पंप के द्वारा मरीज को दिया जाए, लेकिन वहाँ कोई इन्फ्यूजन पंप उपलब्ध ही नहीं था।

इसके लिए डॉक्टर ने एक गुजरे जमाने की तकनीक अपनाने का परामर्श दिया। उसने एक पीडिया ड्रिप से वह दवा चढ़ाने को कहा, ताकि आवश्यक संख्या में ही बूँदें अंदर जाएँ एवं साथ ही हर पाँच मिनट पर सिस्टोलिक ब्लड प्रेशर मापना था, जब तक वह 160 तक न पहुँच जाए। सात्यकि ने नर्स को कहा कि वह प्रत्येक मिनट 12 बूँद की रफ्तार से दवा चढ़ाए तथा हर 5 मिनट पर बी.पी. की माप करे। यह सुनते ही नर्स ने सीधे मना कर दिया और उसे घूरते हुए बोली, "मेरे पास इतनी फुरसत नहीं है ड्रॉप्स गिनने की और बार-बार बी.पी. लेने की। खुद से करो।" यह बोलकर वह दूसरे मरीजों की तरफ चल दी।

निरुपाय सात्यकि ने उसका आदेश मानकर खुद मोर्चा सँभाला। पर वह यह समझ नहीं पा रहा था कि जिन मरीजों के साथ कोई मेडिकल छात्र या कोई डॉक्टर-नर्स परिजन के रूप में मौजूद न हो, वह इस इमरजेंसी विभाग से सही इलाज पाकर सलामत बाहर निकल कैसे सकते थे?

ऊपर से जो कुछ भी इलाज वहाँ किया जा रहा रहा था, उसमें

एसेप्सिस के सिद्धांतों का पालन करने की ओर किसी का ध्यान नहीं था। यहाँ तक कि दवा देने और आई.वी. कैनुला लगाने जैसे कार्य वहाँ हाउसकीपर और स्वीपरों के द्वारा किए जा रहे थे, जो मरीजों के रिश्तेदारों से इन सेवाओं के बदले टिप की वसूली भी कर रहे थे।

मीना की हालत जब कुछ स्थिर हो गई तो सात्यकि का ध्यान पुनः वार्ड की दुर्दशा पर गया, जहाँ कतार से गरीब मरीज बिस्तरों पर थे और उनके अटेंडेंट फर्श पर। जिस बेड पर मीना को सुलाया गया था, उसके पीछे खिड़की के शीशे टूटे हुए थे। वार्ड की कुछ अन्य खिड़कियों के शीशे भी गायब थे और उनसे जाते दिसंबर की बर्फीली हवाएँ अंदर आकर लोगों को ठिठुरा रही थीं। उसे समझ न आया, रात भर बर्फीली हवा के झोंके झेलते हुए मीना किस तरह सो पाएगी और सुबह तक सही-सलामत रह पाएगी। अन्य मरीज भी अपने फटे-पुराने कंबलों को स्वयं पर लपेटे हुए ठिठुर रहे थे। राजू ने पास की गली में एक कबाड़ी की दुकान के बाहर बिखरे हुए कबाड़ में अखबार पड़े हुए देखे थे। वह वहाँ जाकर कई अखबार उठा लाया और एक दयालु नर्स से टेप माँगकर किसी तरह सात्यकि और राजू ने खिड़कियों पर अखबारों की तहें चिपकाईं।

अंततः राजू को मीना की देखभाल के लिए उन्होंने हॉस्पिटल में ठहरने को कहा और रात लगभग बारह बजे वे घर लौटे। रास्ते में लौटते हुए बाबा अपने पोते की झुँझलाई हुई मुखमुद्रा देखकर बोले, "ज्यादा दुःखी न हो, कल नमिता से इस विषय में बात करते हैं।"

सात्यकि नाराज ही रहा। "बाबा, इस विषय में उन्हें कहना ही क्यों पड़ेगा ? यह सारी व्यवस्थाएँ सही रखना तो उनकी रोजमर्रा की ड्यूटी का हिस्सा होना चाहिए। आप जानते हैं, हमारे हॉस्पिटल में ऐसी

परिस्थिति में क्या होता। किस प्रकार इमरजेंसी में आए हुए मरीजों के लिए त्वरित गति से डॉक्टर और नर्सें, जो भी एस.ओ.पी. है, उसका पालन करते हैं एवं किस प्रकार हॉस्पिटल में आधारभूत सुविधाओं और दवाओं के स्टॉक की जाँच-परख निरंतर चलती रहती है। बाबा, मैं आपकी परिचित हॉस्पिटल मैनेजर से मिलकर उन्हें एक आवेदन देना चाहता हूँ, ताकि वे उसे देखकर कहाँ सुधार की आवश्यकता है, यह समझें और उस हिसाब से यह सबकुछ सुधारें।"

बाबा अपने पोते की निराश मन:स्थिति को समझ रहे थे, क्योंकि उन्होंने ही तो सात्यकि को बचपन से महापुरुषों की कहानियाँ सुना-सुनाकर उसकी मनोवृत्तियों को यह दिशा दी थी। 'महाजनो येन गतः स पंथाः' की उक्ति सात्यकि को रटवा दी थी और उसके बचपन की कई रातें उनके बगल में लेटकर वीर शिवाजी, राजा रंजीत सिंह, अहिल्याबाई, विवेकानंद, विश्वेश्वरैया आदि महापुरुषों की कथाएँ, उनके जीवन के प्रसंग सुनते गुजरी थीं। वह तन्मय होकर उन्हें सुनता और कई-कई जिज्ञासाएँ करता हुआ बाबा से अपनी जिज्ञासा संतुष्ट करवाकर ही सो पाता।

बाबा अपने पोते की बात टाल नहीं सके। अगला दिन इतवार था और नमिता वर्मा अपने घर पर थीं। फोन पर उन्हें सूचित कर दोनों उनके घर सुबह नौ बजे जा पहुँचे। नमिताजी ने दोनों को नाश्ते की टेबल पर बैठाया और बहुत आग्रह से सात्यकि को स्वयं ही फल काटकर खिलाने शुरू किए, परंतु सात्यकि के मन में तो रात की घटना ही घूम रही थी। उसने नमिता से अनुमति लेकर सारा घटनाक्रम विस्तार से बताया। फिर कहा, "दीदी, उस वार्ड में भरती मरीजों के कम आर्थिक स्तर को देखते हुए व्यवस्था में कई सुधारों की

आवश्यकता है। वे सब मैं इस आवेदन में लिखकर लाया हूँ।"

नमिता का चेहरा गंभीर हो गया और वह चुप्पी लगा गई। बाबा माहौल का भारी हो जाना समझ गए और बात पलटने को कहने लगे, "हो सकता है, नीचे वाले कर्मचारी ये सारी बातें नमिता से छुपाते हों। तुम्हें पता है, नमिता खुद कितनी कुशल और प्रतिभावान है। इसने कलकत्ते के नामी कॉलेज से डिग्री ली है और टॉप भी किया है। उन दिनों जब यह खबर मैंने सुनी तो मैंने इसके पिता द्वारा मिठाई खिलाने का इंतजार नहीं किया था। खुद मिंटू होटल के रसगुल्लों का कुल्हड़ लेकर यहाँ पहुँचा था और नमिता को पहला रसगुल्ला मैंने ही खिलाया था।"

इस बीच नमिता के माता-पिता भी टेबल पर आ गए और वे सब मिलकर पुरानी यादों को ताजा करने में लग गए।

पर सात्यकि की उम्मीद भरी नजरें अभी भी खुद पर टिकी देखकर और हाथ में रखे आवेदन-पत्र को अभी भी अपनी दिशा में बढ़ा हुआ पाकर नमिता ने भावहीन चेहरा बनाए हुए कहा, "अभी इसकी जरूरत नहीं है। इसे देखकर अथॉरिटीज नाराज होंगे। मैं तुम्हारे मरीज की अच्छी देखभाल के लिए स्टाफ को हिदायत दे दूँगी।"

वे जब घर लौटे, बाबा अपने बिस्तर पर आराम करने चले गए। सात्यकि उनके पास बैठकर कहने लगा, "मैं हॉस्पिटल जा रहा हूँ मीनाजी को देखने। अभी मैं अपने मित्र बरुन को साथ ले लूँगा। इसलिए आप और मम्मी चिंता न करें। राजू के लिए खाना भी ले जाऊँगा। पर बाबा, एक बात है, आपने इस टॉपर दीदी की जितनी प्रशंसा की, उनका काम और उनकी मनोवृत्ति उस प्रशंसा के काबिल नहीं लगे।"

बाबा मुसकराकर बोले, "बेटा, अब उस वक्त मैं और क्या

बोलता? वैसे तो बेचारी बहुत अच्छी है, अपने वृद्ध माता-पिता का वही तो खयाल रखती है। उसकी अच्छी नौकरी बेंगलुरु शहर में लगी थी, पर माता-पिता के साथ रहने के लिए उसने यहीं जॉब पकड़ ली। उसने घर की सारी जिम्मेदारियाँ निभाई हैं। पर मानव मन की जटिलताओं को समझना मुश्किल है।"

भाग्यवश मीनाजी की बीमारी ने कोई गंभीर मोड़ नहीं लिया और फिलहाल स्वस्थ होकर एवं कुछ दवाइयों एवं हिदायतों के साथ वे अस्पताल से मुक्त होकर तीन दिनों बाद घर आ गईं।

उनके लौटने के अगले दिन सात्यकि को वापस हॉस्टल जाना था। इसलिए वह सुबह-सुबह बाबा से गप्पें लड़ाने के लिए उनके बिस्तर पर पैर झुलाते हुए बैठा था। बाबा भी रोज की तरह खिड़की से आती धूप का आनंद लेते हुए नाश्ता कर चुके थे और समाचार-पत्र का तन्मयता से वाचन कर रहे थे।

सात्यकि ने उनके अखबार में झाँका और दूसरे पन्ने पर एक खबर देखकर चौंक उठा, फिर उस पर अपनी तर्जनी रखकर बोला, "बाबा, आपने यह खबर देखी?"

बाबा ने अपना चश्मा ठीक कर उस खबर पर ध्यान केंद्रित किया—'हॉस्पिटल प्रबंधक के घर पर आयकर का छापा, पचास लाख कैश बरामद।'

बाबा चौंककर बोले, "अरे यह तो नमिता के विषय में है, उसके घर पर आयकर का छापा पड़ गया।"

सात्यकि ने कहा, "अब आपको यह पता लग गया होगा कि टॉपर दीदी मेरी शिकायत पर ध्यान देने के बजाय आनाकानी, टाल-मटोल की पॉलिसी क्यों आजमा रही थीं?"

कुछ देर तक खिड़की के बाहर बाबा की दृष्टि टिकी रही, पर वह अड़हुल पर नाचती हमिंग बर्ड को नहीं देख रहे थे। विचार कर रहे थे कल और आज की दुनिया पर। उन्होंने फिर सात्यकि को संबोधित किया, "मैंने तुम्हें कभी रानी अहिल्याबाई की कथा सुनाई थी।"

"हाँ, सुनाई थी और मुझे बहुत अच्छी लगी थी। मैंने भी थोड़ा रिसर्च गूगल पर किया है। वह मालवा की रानी थीं एवं अट्ठारहवीं सदी के उत्तरार्ध में उन्होंने भारत के एक बड़े भूभाग पर शासन किया। वह बहुत ही जनप्रिय थीं और अपनी प्रशासनिक एवं सैन्य कुशलता, न्यायप्रियता एवं दयालुता के कारण जनमानस में देवी माँ की तरह प्रतिष्ठित हो गई थीं।"

"हाँ, सही कहा तुमने, पर देखो, उस समय प्रजातंत्र और कल्याणकारी राज्य की संकल्पना मौजूद नहीं थी। उस पर भी अहिल्याबाई ने किसी अमीर घराने में जन्म नहीं लिया था। उनके पास शिक्षा की बड़ी डिग्री नहीं थी, घर पर ही शिक्षा पाई थी, फिर भी उनकी अंतरात्मा अपने कर्तव्यों के प्रति इतनी सतर्क थी कि वह राज्य के धन का एक पैसा स्वयं के उपयोग में नहीं लाती थीं।"

"मैंने पढ़ा है कि उनकी व्यक्तिगत कमाई के अलग साधन थे, जिनसे वह अपना और अपने परिवार का भरण-पोषण करती थीं। अपने निजी दान-धर्म का कार्य भी वह स्वयं के धन से करती थीं। परंतु उनके ठीक विपरीत आजकल की स्थिति देखो, जब छोटे से लेकर बड़े तक शासन के कई केंद्र हैं और ज्यादातर वहाँ प्रतिष्ठापित हैं आजकल के फाइव स्टार स्कूलों और कॉलेजों से गणित, विज्ञान एवं अन्य कई जटिल विषयों में निन्यानबे और सौ प्रतिशत अंक पाए हुए

छात्र, जो व्यवस्थापक और प्रबंधक बनते ही सार्वजनिक दायित्व के विषय में फेल हो जाते हैं।"

सात्यकि पता नहीं क्यों गंभीर होने के बजाय हँसने लगा। बाबा ने कहा, "यह गंभीर मामला है, फिर भी हँस रहे हो। आज बाबा के उपदेशों से छुट्टी पाकर मित्रों की संगति मिलेगी, यह सोचकर तो खुश नहीं हो रहे।"

"नहीं," सात्यकि बोला, "मैं यह सोचकर खुश हो रहा हूँ कि चाहे हर कोई अपना काम करने से चूक जाए, पर प्रकृति का कर्म सिद्धांत अपना काम जरूर ठीक से करता है। अब देखें, जिन महारानी की कथा आपने सुनाई, उनकी कीर्ति आज दो सौ साल बाद भी अमर है। और कहाँ आज की वह टॉपर दीदी हैं जिनकी कीर्ति टॉप करने के बाद पाँच बरस भी नहीं टिक पाई।"

"बहुत अच्छे! और कोई सीख भी मिली क्या इससे?"

"हाँ," सात्यकि गंभीरता से बोला, "कहावत है कि ऊँचे भवन पर बैठ जाने से कौवा चील नहीं कहलाता। उसी तरह हम ऊँचा पद पा लेने मात्र से बड़े नहीं हो जाते। हमने उस पद पर रहते जो काम किए, वही हमें बड़ा या छोटा बनाते हैं।"

□

12

पापा और अमेरिकन ड्रीम

कविता के पापा ने 1960 के दशक के मध्य में अमरीका की मिसौरी यूनिवर्सिटी में डेढ़ वर्षों तक उन्नत कृषि की तकनीकों के प्रसार से संबंधित प्रशिक्षण लिया था। वहाँ रहते हुए उन्होंने पढ़ाई-लिखाई की, खूब घूमे भी। लौटते हुए यूरोप के शहरों लंदन, बर्लिन, जेनीवा आदि और इजिप्ट का काइरो शहर भी घूमते आए थे। यह समय कविता के जन्म से पहले का समय था।

बचपन में कविता पापा से अमरीका के विषय में बहुत कुछ रोचक विवरण सुनती रही थी, सन् 65-66 का अमरीका, जो तब भी अति-विकसित, सबसे आगे था। वे बताते वहाँ की अतिशय चौड़ी, स्वच्छ-दमकती सड़कों, विशालकाय गगनचुंबी अट्टालिकाओं के विषय में, सुचारु कानून-व्यवस्था के बारे में। पापा अकसर कहा करते, "वह देश तो स्वर्ग ही है, मैं तो सशरीर स्वर्ग के दर्शन कर आया हूँ।" इस पर कविता अकसर पूछ बैठती, "पापा, फिर तो आपको वहीं बसना चाहिए था न! आपके एक मित्र, जो आपसे सलाह लेकर वहाँ गए, वहीं जाकर बस गए। जब भी कभी वे भारत वापस आते हैं और

आपसे मिलने आते हैं तो स्पष्ट दिखता है कि वे कितना सुविधा-संपन्न जीवन बिता रहे हैं। यदि आप भी वहाँ बस गए होते, जो विकल्प आपके पास था, तो आपके साथ हम सभी सशरीर स्वर्ग में होने का आनंद उठा रहे होते।"

पापा तब हँसकर उसे बाल-बुद्धि समझकर टाल जाते। लेकिन अंततः एक बार कविता के बहुत जिद करने पर उन्होंने कारण बता कविता को आश्चर्यचकित कर दिया था। उन्होंने कहा, "हम लौट आए, क्योंकि मुझे अपने गाँव से बहुत प्यार था, मैं यहीं रहना चाहता था।"

पापा से अमेरिकी जीवन की चर्चा सुनना, उनके अमरीका वाले फोटोग्राफ्स देखना, उनके माध्यम से घर में आई अमेरिकन पुस्तकें, उनके द्वारा वहाँ से लिखकर भेजे गए पिक्चर पोस्टकार्ड, 'स्पैन' और 'रीडर्स डाइजेस्ट' जैसी पत्रिकाएँ बार-बार पढ़ना अमरीका के बारे में कविता को कितना कुछ बता गया था और कितना कुछ और जानने को उत्सुक भी बना गया था। उसकी यह उत्सुकता उसके बचपन से देखती आई उसकी माँ ने जब उसके बड़े और शादीशुदा होने के बाद उसके बेटे को अमरीका प्रवास पर कॉलेज की पढ़ाई के लिए स्कॉलरशिप लेकर जाते देखा तो कहा, "बचपन से ही तुम पापा से अमरीका के बारे में पूछती आई, अब तुम्हें अमरीका जल्दी ही देखने को मिलेगा।"

बेटे सोहम की पढ़ाई समाप्त होते ही उसकी एक वित्तीय कंपनी में नौकरी लगी और कुछ महीनों बाद ही उसने माता-पिता की फ्लाइट अमरीका के ईस्ट-कोस्ट भ्रमण हेतु बुक करा दी। इस अंतराल में कविता के माता-पिता तो स्वर्गीय हो चुके थे, परंतु अपने हृदय में

उसने अपने प्रथम विदेश भ्रमण का उत्साह अपने माँ और पापा से ही बाँटा और कहा, "देखिए माँ, आपकी बात सच हुई, अब मैं जाती हूँ अमरीका और पापा, सब देख-सुनकर बताऊँगी कि आपके अनुभवों से मेरे अनुभवों का कितना मेल होता है।"

मन में उनको प्रणाम निवेदित कर कविता इटेलियन एयरवेज की फ्लाइट से वाशिंगटन डी.सी. को रवाना हो गई। बीच में बस तीन घंटे के लिए रोम उतरकर फ्लाइट बदलनी पड़ी।

वाशिंगटन के डलस अंतरराष्ट्रीय विमानपत्तन पर होने वाली इमिग्रेशन जाँच के संबंध में उसे बहुत डराया गया था, पर इमिग्रेशन पदाधिकारी ने मुसकराकर स्वागत कहा और अमरीका प्रवास के लिए शुभकामनाएँ दीं। कविता के लिए अमेरिकी समाज का यह प्रथम परिचय था—खुशमिजाज, मुसकराते, अभिवादन करते अजनबी लोग, जो हर सार्वजनिक स्थल पर माहौल को खुशनुमा बना देते थे।

बेटा सोहम माता-पिता को एयरपोर्ट पर उल्लसित होकर मिला और एक स्थानीय मित्र के यहाँ लंच करा के स्टेशन ले गया, जहाँ अमेरिकन रेलवे से उनका प्रथम परिचय हुआ। सुंदर, साफ-सुथरा छोटा सा स्टेशन। ट्रेन पर चढ़ने पर टी.टी.ई. ने टिकट चेक किया और सीट अलॉट कर दी, पर यात्री इतने कम कि आप अलॉटेड सीट बदलकर किसी भी और खाली सीट पर बैठ जाएँ तो भी कोई दिक्कत नहीं। खिड़की से पोटोमैक नदी साथ-साथ चलती दिखाई दी। तट पर खूबसूरत जंगल की हरियाली ऊपर से आकाश का खूब नीला वितान, जो धीरे-धीरे गिरती साँझ के साथ धुँधले स्लेटी और फिर काले आवरण में बदल गया, जो खूबसूरत लैंप वाले खंभों की कतारों से रह-रहकर जगमगा उठता था।

डेढ़ घंटे की रेल यात्रा के पश्चात् वे सभी रिचमंड पहुँच गए, जो वर्जीनिया राज्य की राजधानी है। यहीं शहर के बाहरी सबर्बन इलाके में अवस्थित मेडिसन सोसायटी में सोहम का दो कमरों का फ्लैट था, जिसे उसने माता-पिता के स्वागत में सुसज्जित कर रखा था।

रिचमंड में गुजरे उनके अगले कुछ दिन लंबी हवाई यात्रा के बाद थोड़ा आराम करते और थोड़ा स्थानीय पर्यटन करते गुजरे। दिन की शुरुआत सवेरे की सैर से होती थी और यह सैर कविता एवं उसके पति को सड़कों, बागानों और घरों की सफाई, हरियाली और सुंदरता से मोहित कर देते थे। उनका प्रिय सैर का इलाका एक झील के चारों ओर बनी बड़े-बड़े पेड़ों और लता-गुल्मों के झुरमुटों के बीच से गुजरती सड़क थी। सड़क के साथ-साथ जंगल की हरियाली के बीच बने एक-से-एक खूबसूरत घर किसी देवलोक के वातावरण की सृष्टि कर देते थे।

रिचमंड के स्थानीय आकर्षणों में उसके आश्चर्यजनक रूप से सघन हरियाले बाग-बगीचों के अतिरिक्त उसका अत्यधिक सुंदर डाउनटाउन एरिया था, जहाँ के ऊँचे कलात्मक ऑर्किटेक्चर वाले भवन और स्ट्रीट देखते ही बनते थे। खरीदारी के लिए शहर का मुख्य स्थल था शॉर्ट पंप मॉल, जो ऊँचाई में नहीं फैलाव में विशाल था, क्योंकि अमरीका में स्थान की तो कमी नहीं, जनसंख्या की ही कमी है, जिसकी वृद्धि दर इतनी गिर चुकी है कि अपना मार्केट गुलजार रखने के लिए उन्हें वैध आप्रवासियों से परहेज नहीं है।

मॉल से निकट ही बार्न्स एड नोबल नामक विशाल बुक स्टोर था, जिसकी शाखाएँ अमरीका के विभिन्न शहरों में हैं। बुक स्टोर के अंदर ही एक बड़ा सिटिंग एरिया था, जिसमें पुस्तक प्रेमी कॉफी तथा

अन्य रिफ्रेशमेंट्स के साथ पुस्तक पढ़ने का आनंद लेते नजर आए। बंद होते बुक स्टोर्स के जमाने में इतना सुंदर बुक स्टोर चलाना समाज के सुसभ्य होने का प्रमाण था।

एक दिन वाशिंगटन डी.सी. घूमने की योजना बनी तो शाम को कैब से डी.सी. के सबर्ब में रहने वाले एक मित्र के यहाँ सभी पहुँचे। उनके आलीशान लकड़ी से निर्मित तीन मंजिले बँगले में रात्रि में उनके शानदार आतिथ्य का आनंद उठाया गया। यह बहुत आश्चर्यजनक लगा कि लकड़ियों से ही इतने सुंदर भाँति-भाँति के आर्किटेक्चरल स्टाइल वाले घरों का वहाँ निर्माण होता है। सुबह मित्र महोदय ने गाड़ी से माँ-पिता और पुत्र को मेट्रो स्टेशन पहुँचाकर विदा ली। मेट्रो से वह वाशिंगटन डी.सी. के प्रमुख रेलवे स्टेशन, अत्यंत भव्य रूप से श्वेत रंग में निर्मित यूनियन स्टेशन पर उतरे।

यूनियन स्टेशन पर ही हॉप-ऑन, हॉप-ऑफ बस सेवा अर्थात् हो-हो बस का बिग बस कंपनी का टिकट खरीदा गया। हो-हो बस सभी प्रमुख दर्शनीय स्थलों पर पर्यटक को उतारती रहती है, जहाँ वह एकाध घंटे घूमते हैं और फिर उसी कंपनी की अगली बस जब उस स्टॉप पर आती है तो उस पर चढ़कर अगले टूरिस्ट स्पॉट के लिए चल पड़ते हैं। डबल डेकर बस की ऊपरी मंजिल पर बिना छत के खुले स्थान में लगी कुरसियों पर वे बैठे और खुली हवा और नीले आसमान के साथ वाशिंगटन की सड़कों और भव्य इमारतों की दृश्यावली निहारते गए थे। अत्यंत खुशनुमा अनुभव था।

पहला स्टॉप वाशिंगटन का विशाल भव्य कैपिटोल था, जो अमेरिकन संसद के बैठने की जगह है। उजले रंग की विशाल खंभों, सैकड़ों सीढ़ियों की ऊँचाई पर बनी महान् श्वेत वर्ण इमारत, जो

संयुक्त राज्य अमरीका के उद्‌भव और विकास का सैकड़ों वर्षों से मूक प्रतिभागी और साक्षी रहा है। उसके बाद एक के बाद एक कई स्टॉप पर वे उतरे—वाशिंगटन मेमोरियल मोन्यूमेंट अर्थात् वहाँ के प्रथम राष्ट्रपति की स्मृति में बनाया गया टावर, लिंकन मेमोरियल, व्हाइट हाउस और स्मिथसोनियन म्यूजियम ऑफ नैचुरल हिस्टरी जहाँ का मुख्य आकर्षण डायनासोर के फॉसिल थे, जिसके बारे में कविता के पापा ने बताया था और उसके फोटो तथा पिक्चर पोस्टकार्ड दिखाए थे, इसलिए कविता ने इसे विशेष उत्सुकता से देखा और जैसा सोचा था वैसा ही रहस्यमय एवं आश्चर्यजनक पाया।

शाम को यूनियन स्टेशन से वापसी की ट्रेन पकड़ी। इस बार ट्रेन यात्रा को थोड़ा लंबा करते हुए रिचमंड मेन स्टेशन पर उतरे और इस स्टेशन पर अत्यंत अभिजात्यपूर्ण कलात्मक सुंदरता और सजावट पाई, जैसा भारत के जन संकुल स्टेशनों पर कहीं नहीं देखा जा सकेगा। जगह-जगह पर सोफे और कलात्मक कुरसियाँ लगाकर लाउंज बनाए गए थे, खूबसूरत बालकनियाँ थीं और दीवारों एवं खंभों की शोभा अवर्णनीय थी।

फिर कुछ दिनों बाद कविता ने सपरिवार ईस्टकोस्ट के समुद्रतटीय बीच वाले शहरों की यात्राएँ कीं। रिचमंड से निकट ही दो घंटे की ड्राइव पर वर्जीनिया बीच शहर था, जिसे एक फन सिटी कहा जा सकता था—ग्राफिटी की दीवारों वाले भवन, सी फूड वाले रेस्तराँ, फूलदार बीच ड्रेस में लोग संगीत और समुद्र स्नान के साथ उत्सव-सा मनाते हुए।

फिर एक दिन चौदह घंटे की ड्राइव के बाद मायामी शहर पहुँच गए, जो गगनचुंबी इमारतों वाला हरे-नीले स्वच्छ समुद्र के तट वाला

मनमोहक शहर है। पाम वृक्ष से घिरे बीच, छोटे रेस्तराँ और होटलों की कतार, रंग-बिरंगी पोशाकों में टॉवल, हैट और सनग्लासेज के साथ चहलकदमी करते स्नानार्थी दिन-रात समा बाँधे हुए थे।

शहर के डिजाइन डिस्ट्रिक्ट में विश्व के नामचीन डिजाइनर अरमानी, वर्साची, शनेल, डियोर, टिफनी आदि ने अपने प्रीमियम स्टोर खोल रखे हैं। एक ग्राफिटी डिस्ट्रिक्ट है, जहाँ सभी भवनों की दीवारें भाँति-भाँति की ग्राफिटी से सुसज्जित हैं। मायामी से निकलकर आसपास ही डेटोना बीच, पैनामा सिटी बीच और डेस्टिन बीच के दर्शन हुए, जहाँ का सफेद बालू और साफ हरा-नीला पानी उन्हें तटीय शहरों में विशिष्ट बना रहा था।

ईस्टकोस्ट के इन सारे पर्यटन स्थलों की सबसे विशिष्ट बात थी इनकी सुव्यवस्था और सुंदरता पर जोर। साथ ही आकाश का खूब नीला रंग, जो भारत में प्रदूषण के कारण धुँधला जाता है। हरियाले जंगलों से गुजरते हाइवे तथा एक्सप्रेस वे पर यों ही गाड़ी रोककर ब्रेक नहीं ले सकते। इसके लिए हर साठ-सत्तर माइल पर रेस्ट एरिया बना हुआ है, जिसमें रेस्टरूम, स्नैक बार, बच्चों के लिए पार्क बने हुए हैं।

सुपर मार्केट में खरीदारी करने जाओ तो उनका विशाल क्षेत्रफल सामानों से लदी रैक्स से सज्जित होता था। खानों के पैक्ड और प्रोसेस्ड आइटम्स की संख्या और विविधता देखते ही बनती थी और सार्वजनिक स्थलों पर बेडौल लोगों की अधिक संख्या देखकर समझ आता था कि सुपरमार्केट के ये खाद्य पदार्थ किधर जा रहे हैं?

जनसंख्या में इतनी विविधता थी कि लगे कि संसार का हर समुदाय यहाँ प्रतिनिधित्व पा गया हो। काले, गोरे, ब्राउन, मेक्सिकन, कोरियन सभी दिखते थे यहाँ यानी कि विश्व बंधुत्व की सही तसवीर

यहीं पर दिख रही थी। लेकिन जाने के दिन जब करीब आ रहे थे, तभी कविता को एक दिन वह अनुभव हुआ, जिसके बाद लगा कि यहाँ की सारी अमीरी, विश्वबंधुत्व, खुशमिजाजी ऊपर–ही–ऊपर सतह पर ही है।

कविता एक दिन यूनिवर्सिटी में पढ़ने वाले एक भारतीय छात्र से सुबह आठ बजे मिलने गई। वह रिश्ते में भतीजा लगता था, इसलिए इतनी दूर आने पर उससे मिलना जरूरी था। वह एक प्राइवेट स्टूडेंट हाउसिंग सोसाइटी के डी ब्लॉक में द्वितीय तल पर रहता था, पर कविता को उसका फ्लैट नंबर पूरी तरह याद नहीं रहा और भाग्यवश वहाँ पहुँचते ही उसका फोन भी ऑफ हो गया। उसने डी ब्लॉक के द्वितीय तल पर जाकर दो फ्लैट पाए और दोनों की कॉल बेल बजाई, एक फ्लैट शायद लॉक्ड था। दूसरे 322 नंबर के फ्लैट से एक भारतीय छात्र ने निकलकर बताया कि जो नाम वह बता रही थी, उस नाम का कोई छात्र वहाँ नहीं रहता। वह अपनी गलती पर संकुचित हो गई।

नीचे उतरकर कविता ने सोसाइटी के दो चक्कर लगाए। एक श्यामवर्णी युवक ने उससे पूछा भी कि क्या वह खो गई है ? परंतु मदद करने की उसने कोई उत्सुकता नहीं दिखाई।

दूसरे चक्कर के बाद 322 नंबर वाला वही छात्र नीचे आता दिखा। उसने अभी भी कविता को भटकते देखकर तल्खी से कहा, "आप सभी फ्लैट के दरवाजे खटखटाते हुए नहीं घूम सकतीं। वापस चले जाइए।" शायद वह उसे संदिग्ध लग रही थी।

तभी अचानक उसे दिखा कि डी ब्लॉक के बगल में ही एक अन्य 'डी' लिखा हुआ ब्लॉक है। द्वितीय तल पर 328 नंबर फ्लैट में उसकी मुलाकात भतीजे से हो गई।

कविता ने बाद में सोचा कि अगर ऐसा भारत में हुआ रहता तो वही भारतीय छात्र अमरीका में सीखी अजनबियत का चोला उतारकर उसे आंटी बुलाता और उसकी बात समझने की कोशिश करता। घर खोजने में मदद न भी करता तब भी यह तो जरूर बताता कि बगल में ही एक डी ब्लॉक और भी है।

इस तरह यहाँ लोगों के बीच सभ्यता का व्यवहार तो था, पर आत्मीयता का नहीं और ऊपर से चहुँओर सन्नाटे का आलम! भारत जैसी चहल-पहल और रौनकें वहाँ कहाँ थीं? सड़कों पर थीं चमचमाती लंबी गाड़ियाँ और सड़कों के किनारे या तो विशाल अट्टालिकाएँ या फिर लॉन और हरियाली के साथ बँगले। इक्का-दुक्का लोग ही इधर-उधर नजर आते।

उसने अपने जैसे दिखने वाले, अपने जैसी भाषा-बोली बोलने वाले, उत्सव-प्रिय देशवासियों को मिस करना शुरू कर दिया था। ऊपर से दीवाली-दशहरे का त्योहारों वाला मौसम करीब ही था, जब इनसान को भारत के अलावा कहीं और होना ही नहीं चाहिए।

वापस लौटने वाले दिन डलस अंतरराष्ट्रीय एयरपोर्ट पर फ्लाइट का इंतजार करते हुए वह बैठी हुई थी। एक पंजाबी महिला ने रुककर उससे बातें करनी शुरू की और अपनी रामकहानी बातों-बातों में कह सुनाई—सत्रह साल पहले उसका पूरा परिवार किसी तरह वीजा करवाकर इधर आ गया अवसरों के देश में, अपने अमेरिकन ड्रीम की तलाश में। अब उनके दोनों बेटे-बहुएँ और वे खुद पति-पत्नी छोटे-मोटे जॉब करते हैं। वह खुद इस एयरपोर्ट पर लाचार लोगों के लिए व्हील चेयर चलाने का काम करती हैं। उन्होंने कहा कि घर में किसी की दिलचस्पी या फुरसत रोज खाना पकाने में नहीं है। एक दिन बनाते

हैं, वही प्रिजर्व करके दस दिन खाते हैं। अपने देश में सबकुछ ताजा मिलता था—फल, सब्जियाँ, अनाज, मसाले। जब जैसी इच्छा हो बनाओ, खाओ। लेकिन अब वापस जाकर देश का दर्शन करना नसीब नहीं हो रहा, क्योंकि उनके कोई नजदीकी रिश्तेदार अब भारत में नहीं रहते। तब मिलने किससे जाएँ? पंजाब और हरियाणा के गाँवों से तो जमात-के-जमात लोग अमरीका-कनाडा जाकर बस गए। उनकी आपबीती सुनकर कविता को उन पर तरस महसूस हुआ।

सही ही तो पापा बार-बार कहा करते थे—"जननि जन्मभूमिश्च स्वार्गादपि गरीयसी।" निस्संदेह अमरीका स्वर्ग है, पर माता और जन्मभूमि का स्थान स्वर्ग से भी ऊपर है, जिसकी जड़ें वास्तव में पक्की हों, वह उखड़कर कहीं और बस ही नहीं सकता। भारत वापस लौटकर प्लेन से देश की धरती पर उतरते ही कविता ने माता-पिता को पुनः मन-ही-मन प्रणाम निवेदित कर कहा, "माँ, आपके आशीर्वाद से सशरीर स्वर्ग भ्रमण कर आई हूँ। पर जैसा पापा, आपने कहा था, वही सही सिद्ध हुआ कि घूमने को सारे संसार की सुंदरतम जगहों पर घूम आओ, पर बसने को वापस अपने देश ही आना होगा।"

□□□